非物质文化遗产丛书
Intangible Cultural Heritage Series

# 古道磨石口传说

北京市文学艺术界联合会　组织编写

杨金凤　编著

U0128737

北京出版集团公司
北京美术摄影出版社

图书在版编目（CIP）数据

古道磨石口传说 / 杨金凤编著 ；北京市文学艺术界
联合会组织编写. — 北京 ：北京美术摄影出版社，
2018.1
　（非物质文化遗产丛书）
　ISBN 978-7-5592-0046-4

　Ⅰ．①古… Ⅱ．①杨… ②北… Ⅲ．①民间故事—作
品集—石景山区 Ⅳ．①I277.3

中国版本图书馆CIP数据核字（2017）第281233号

非物质文化遗产丛书
# 古道磨石口传说
GUDAO MOSHIKOU CHUANSHUO
杨金凤　编著
北京市文学艺术界联合会　组织编写

出　　版　北京出版集团公司
　　　　　北京美术摄影出版社
地　　址　北京北三环中路6号
邮　　编　100120
网　　址　www.bph.com.cn
总发行　北京出版集团公司
发　　行　京版北美（北京）文化艺术传媒有限公司
经　　销　新华书店
印　　刷　北京方嘉彩色印刷有限责任公司
版印次　2018年1月第1版第1次印刷
开　　本　787毫米×1092毫米　1/16
印　　张　14.5
字　　数　209千字
书　　号　ISBN 978-7-5592-0046-4
定　　价　68.00元
如有印装质量问题，由本社负责调换
质量监督电话　010-58572393

## 组织编写

北京市文学艺术界联合会

北京民间文艺家协会

# 序

PREFACE

赵　书

　　2005 年，国务院向各省、自治区、直辖市人民政府，国务院各部委、各直属机构发出了《关于加强文化遗产保护的通知》，第一次提出"文化遗产包括物质文化遗产和非物质文化遗产"的概念，明确指出："非物质文化遗产是指各种以非物质形态存在的与群众生活密切相关、世代相承的传统文化表现形式，包括口头传统、传统表演艺术、民俗活动和礼仪与节庆、有关自然界和宇宙的民间传统知识和实践、传统手工艺技能等，以及与上述传统文化表现形式相关的文化空间。"在北京市"保护为主、抢救第一、合理利用、传承发展"方针的指导下，在市委、市政府的领导下，非物质文化遗产保护工作得到健康、有序的发展，名录体系逐步完善，传承人保护逐步加强，宣传展示不断强化，保护手段丰富多样，取得了显著成绩。

　　2011 年，第十一届全国人民代表大会常务委员会第十九次会议通过《中华人民共和国非物质文化遗产法》。第三条中规定"国家对非物质文化遗产采取认定、记录、建档等措施予以保存，对体现中华民族优秀传统文化，具有历史、文学、艺术、科学价值的非物质文化遗产采取传承、传播等措施予以保护"。第八条中规定"县级以上人民政府应当加强对非物质文化遗产保护工作的宣传，提高全社会保护非物质文化遗产的意识"。为了达到上述要求，在市委宣传部、组织部的大力支持下，北京市于 2010 年开始组织编辑出版"非物质文化遗产丛书"。丛书的作者为非物质文化遗产项目传承人以及各文化单位、科研机构、大专院校对本专业有深厚造诣的著名专家、学者。这套丛书的出版赢得了良好的社会反响，其编写具有三个特点：

第一，内容真实可靠。非物质文化遗产代表作的第一要素就是项目内容的原真性。非物质文化遗产具有历史价值、文化价值、精神价值、科学价值、审美价值、和谐价值、教育价值、经济价值等多方面的价值。之所以有这么高、这么多方面的价值，都源于项目内容的真实。这些项目蕴含着我们中华民族传统文化的最深根源，保留着形成民族文化身份的原生状态以及思维方式、心理结构与审美观念等。非遗项目是从事非物质文化遗产保护事业的基层工作者，通过走乡串户实地考察获得第一手材料，并对这些田野调查来的资料进行登记造册，为全市非物质文化遗产分布情况建立档案。在此基础上，各区、县非物质文化遗产保护部门进行代表作资格的初步审定，首先由申报单位填写申报表并提供音像和相关实物佐证资料，然后经专家团科学认定，鉴别真伪，充分论证，以无记名投票方式确定向各级政府推荐的名单。各级政府召开由各相关部门组成的联席会议对推荐名单进行审批，然后进行网上公示，无不同意见后方能列入县、区、市以至国家级保护名录的非物质文化遗产代表作。丛书中各本专著所记述的内容真实可靠，较完整地反映了这些项目的产生、发展、当前生存情况，因此有极高历史认识价值。

第二，论证有理有据。非物质文化遗产代表作要有一定的学术价值，主要有三大标准：一是历史认识价值。非物质文化遗产是一定历史时期人类社会活动的产物，列入市级保护名录的项目基本上要有百年传承历史，通过这些项目我们可以具体而生动地感受到历史真实情况，是历史文化的真实存在。二是文化艺术价值。非物质文化遗产中所表现出来的审美意识和艺术创造性，反映着国家和民族的文化艺术传统和历史，体现了北京市历代人民独特的创造力，是各族人民的智慧结晶和宝贵的精神财富。三是科学技术价值。任何非物质文化遗产都是人们在当时所掌握的技术条件下创造出来的，直接反映着文物创造者认识自然、利用自然的程度，反映着当时的科学技术与生产力的发展水平。丛书通过作者有一定学术高度的论述，使读者深刻感受到非物质文化遗产所体现出来的价值更多的是一种现存性，对体现本民族、群体的文化特征具有真实的、承续的意义。

第三，图文并茂，通俗易懂，知识性与艺术性并重。丛书的作者均是非物质文化遗产传承人或某一领域中的权威、知名专家及一线工作者，他们撰写的书第一是要让本专业的人有收获；第二是要让非本专业的人看得懂，因为非物质文化遗产保护工作是国民经济和社会发展的重要组成内容，是公众事业。文艺是民族精神的火炬，非物质文化遗产保护工作是文化大发展、大繁荣的基础工程，越是在大发展、大变动的时代，越要坚守我们共同的精神家园，维护我们的民族文化基因，不能忘了回家的路。为了提高广大群众对非物质文化遗产保护工作重要性的认识，这套丛书对各个非遗项目在文化上的独特性、技能上的高超性、发展中的传承性、传播中的流变性、功能上的实用性、形式上的综合性、心理上的民族性、审美上的地

古道磨石口传说

域性进行了学术方面的分析，也注重艺术描写。这套丛书既保证了在理论上的高度、学术分析上的深度，同时也充分考虑到广大读者的愉悦性。丛书对非遗项目代表人物的传奇人生，各位传承人在继承先辈遗产时所做出的努力进行了记述，增加了丛书的艺术欣赏价值。非物质文化遗产保护人民性很强，专业性也很强，要达到在发展中保护，在保护中发展的目的，还要取决于全社会文化觉悟的提高，取决于广大人民群众对非物质文化遗产保护重要性的认识。

编写"非物质文化遗产丛书"的目的，就是为了让广大人民了解中华民族的非物质文化遗产，热爱中华民族的非物质文化遗产，增强全社会的文化遗产保护、传承意识，激发我们的文化创新精神。同时，对于把中华文明推向世界，向全世界展示中华优秀文化和促进中外文化交流均具有积极的推动作用。希望本套图书能得到广大读者的喜爱。

2012 年 2 月 27 日

# 序

石振怀

说起磨石口（现在的模式口），不得不说这是京西具有深厚历史文化底蕴和广泛影响力的一个地方。就是这个地方，于2009年被北京市人民政府批准公布为第二批"北京历史文化保护区"，是全市40个"北京历史文化保护区"之一。

磨石口自宋代开始，就被认为是开采磨石的地方，且磨石优质、远近闻名，"文革"前此处所产的"葵花牌"磨石曾行销全国，加之村西为京西古道隘口，而久称"磨石口"。磨石口因磨石聚拢人家，明代已成村落。磨石口村中有一条穿村而过、长约1500米的龙形步道，曾是贯通京城与塞外的京西古道（史上所称"驼铃古道"）的一段。历史上，骆驼是这条古道的主要运输工具，来自西山的煤炭、木石都要由此进入京城。史料也有"磨石口镇，千总镇焉"的记载，由此有人认为，该地史上曾为"京西重镇"，是镇级聚落，由千总镇守。此外，该村原有围墙环绕，现仍留有部分围墙。沿街有四个门洞，门上为谯楼（过街楼）现谯楼虽已损毁，但存有墙基遗迹。

尽管磨石口扑朔迷离的历史尚有种种说法，但仅凭现在遗存的历史遗迹，也足以说明磨石口历史文化底蕴的悠久与深厚。现磨石口有限的区域内仍留存着法海寺、承恩寺、慈祥庵、田义墓等众多的文物古迹。法海寺始建于明正统四年（1439年），为"全国重点文物保护单位"，其大雄宝殿内珍藏的明代壁画是北京地区现存历史最悠久、保存最完整的壁画，在中国现存壁画艺术中占据重要地位。承恩寺也是"全国重点文物保护单位"，始建于明正德五年（1510年），此后经清乾隆二十二年（1757年）、清道光二十三年（1843年）和清道光三十年（1850年）三次重修，至今仍保留着明代初期的建筑格局。承恩寺自建寺以来就有"不开庙门、不受香火、不做道场"的"三不"之说。慈祥庵始建于明万历三十三年（1605年），与法海寺、承恩寺成三足鼎立之势，庵旁有田义墓，是目前全国唯一保存较完好、规格最高、石刻最精美的明代太监墓。此外，磨石口还有中国第四纪冰川痕迹陈列馆，留有"第四纪冰川擦痕"遗迹。

从磨石口的历史文化和文物古迹来看，已经可以断定：磨石口在北京的历史文化中占有着十分显赫的地位。

不过，有关磨石口的这些知识，都是我查阅资料"恶补"才得来的。虽然我的籍贯不是北京，但我是在北京鼓楼后头的钟楼湾胡同出生的，说自己是北京人也不为过。可是在很长一段时间内，我对磨石口真谈不上熟悉。要说有点了解，也只是知道这个地方在历史上很有影响，老舍的小说《骆驼祥子》曾多次提到这个地方，此外这里的磨刀石也不错，曾热销河北、山西等地，甚至远销国外。至于对"西山磨石口传说"，那就知之甚少了。

前不久，我去石景山区参加一个"庙会研讨会"，邀我参会的石景山区委宣传部副部长董聪慧（曾任石景山区文委副主任、文化馆馆长），会后请我等一行到位于磨石口的承恩寺看看。承恩寺内被喻为"北京燕京八绝艺术馆"，并号称"宫廷当代造办处"，加之听说该寺庙并不对外开放，也使我造访一下这里的兴致十足。说起来，这算是我有数的近距离接触"磨石口"这个地方了。之后不久，我又随北京民间文艺家协会到位于磨石口之西的"京西五里坨民俗陈列馆"参加活动，使我又一次走进京西。后来，石景山区为组织申报该区第四批非物质文化遗产代表性项目名录，邀我参加评审，并让我做了一次"申遗报告"的修改辅导，使我又接触到了参加申遗的"磨石口磨石技艺"项目。之后就是应杨金凤老师之邀，为《古道磨石口传说》一书撰写序文。与磨石口一连串的近距离接触，使我感慨万千。说起来，我本无任何"资本"为《古道磨石口传说》写序，但想起近期发生的与磨石口的一系列联系，使我有种"使命"和"缘分"的感觉，也觉得自己应该为磨石口做点事情了，也算是和磨石口"套套近乎"，增进感情吧！于是，斗胆接下了这样一个任务。

应当承认，磨石口除了有厚重的历史文物遗产以外，还有着不可忽略的非物质文化遗产资源，"古道磨石口传说"就是其中重要的资源之一。

同其他民间传说产生的历史一样，磨石口传说也是随着磨石口悠久的发展历史相伴相生的。看过杨金凤老师的书稿，感觉磨石口传说在内容上与其他民间传说也有着相同的特点。古道磨石口传说分为山川河流传说、名胜古迹传说、人物传说、地方传说等方面，许多传说都与磨石口周边的山川、河流、古道、宗庙、墓葬有关，内容涉及了帝王将相、僧人以及普通百姓等各色人物，历史信息容量很大，内容丰富且不失精彩，读来也是妙趣横生。正是因为磨石口传说有着如此厚重的历史文化底蕴，使之入选了第三批"北京市级非物质文化遗产名录"，也算给磨石口又增添了浓墨重彩的一笔。

我注意到，该书稿收录的这些传说故事，绝大部分出自杨金凤老师之手。可以想象，这是杨金凤老师专注于田野调查，走街串巷一篇一篇征集并整理出来的。此外，该书许多照片也记录了杨金凤老师进行走访的一个个场景，可以说是她不辞辛苦走访调查的真实记录。我十分钦佩杨金凤老师做事认真、一丝不苟的工作态度。

让人担忧的是，这么好的民间故事在民间已经很难寻觅讲述者了。虽然民间传说最早出于普通百姓之口，是人民群众的文化创造，也曾经千百年来在民间口口相传，并传承至今。但由于以往城市大杂院的居住环境、农村围坐聊天的历史氛围已经失去，民间口头讲述传说、依靠民众口口相传的生存空间日渐萎缩，使这一珍贵非物质文化遗产的口头传承面临着极大的困难。现在除了尚有少数民间文学爱好者，或说是民间传说的搜集整理者尚在通过编写书籍，在有限的空间讲一点传说故事给学生听、给游客听，已经鲜有普通百姓的讲述者了。

我真诚希望，这么好的民间传说能够回归邻里，走进学校，走进家庭，通过民间的讲述者，将这一珍贵的非物质文化遗产传承下去。这是我作为一名非物质文化遗产保护工作者发自内心的愿望。

是为序。

2017 年 3 月

（石振怀为原北京文化艺术活动中心副主任）

# 前言

FOREWORD

　　传说是优美生动的，伴着我们祖先的跫音，低吟浅唱娓娓而来。

　　当我们还是顽童的时候，葡萄架下，藤萝花丛，望星空银河，寻找"牛郎织女"；当我们拿起蜡笔和小画板的时候，深深浅浅勾勒一幅"嫦娥奔月"的飘逸；怀揣一份神秘，我们去荷塘柳溪偷看"董永和七仙女"；攀登长城，抑或遇见一段长城的残垣断壁，就仿佛已经梦回往昔，风声中是"孟姜女"的哭泣……无数犹如璀璨珍珠般的传说，在一代代人美妙的叙述中，成为我们骨子里、血脉中民族文化的细胞，最终成为我们整个人生路上的文化根基。

　　皇城之西的黎民百姓亦如是，京西古道翠微山下的磨石口人亦如是。

　　《古道磨石口传说》是诗情画意的，站于翠微山之峰，瞭望晨曦初生的皇城，传说带着红墙绿瓦的神秘。清代的龚自珍文："翠微山者，有籍于朝，有闻于朝，忽然慕小，感慨慕高，隐者之所居也。山高可六七里，近京之山，此为高矣。不绝高，不敢绝高，以俯临京师也。不居正北，居西北，为伞盖，不为枕障也。出阜成门三十五里，不敢远京师也。"

《古道磨石口传说》带着汹涌奔腾的浑河（现名永定河）水中翻腾的浪花，康熙皇帝《石景山望浑河》诗曰："石景遥连汉，浑河似带流。沧波日滚滚，浩渺接皇州。"

《古道磨石口传说》从蟠龙山脚下崎岖山路向上延伸着，清代诗人查慎行《翠云庵》："乱山中有崎岖路，时听征车撼石声。行过翠云尘乍少，马头麦浪绿初成。"

《古道磨石口传说》在帝王郊游的车碾上，康熙《坐法海寺偶吟》："极目西山宜永日，开襟五月似高秋。万几偶暇因游豫，期与黎民乐未休。"

《古道磨石口传说》中有着星空朗月的宁静，清代翠微山香界寺第二代方丈心兴在《翠微三要·中秋选要》中《中秋节偶成》一诗中写道："秋月当空照，江山处处明。星河杂素练，堦砌绕虫鸣。暑去金风洌，波平御水清。南楼曾共玩，今夕复何生。"

《古道磨石口传说》中叮叮当当地响着不绝于耳的驼铃，老舍的《骆驼祥子》中写道："这里是磨石口——老天爷，这必须是磨石口！——他往东北拐，过金顶山，礼王坟，就是八大处；从四平台往东奔杏子口，就到了南辛庄。"

《古道磨石口传说》中更有着磨石口村人千百年的吆喝声，金受申的《磨石口传说》，脍炙人口，从古槐下耄耋老人的眉飞色舞里，传到孩童们记忆的闸门中。

《古道磨石口传说》是醇厚浓香的，在一个个奇妙的传说故事里酿就，在磨石口久远的人类历史中传播……

与磨石口北面翠微山连绵的山峦是天泰山，南麓有一座双泉寺，现在是一座规模不大的小庙，但在金代却是金章宗潜暑之地，有人认为其为金章宗八院之一。到了明代，双泉寺成了大能仁寺的下院。大能仁寺位于现在西城区砖塔胡同到兵马司（不是东城北兵马司）胡同之间，寺早已不存，但留下了能仁胡同的地名；后来能仁胡同好像也没了，但又有人以能仁为名开了家名为"能仁居"的火锅店，现在店址已移至河北石家庄。

在双泉寺后面的山上，有一处"翠微山"摩崖石刻。刻于明成化七年（1471年）四月。

石刻共有三处，第一处是"翠微山"三个大字，下面有谢宇的一首诗：

> 转壑攀云路不迷，
> 宦情尘虑暂相违。
> 老禅究竟真空望，
> 特为摩崖写翠微。

此诗后注为"大明成化七年四月四日，奉直大夫、协正庶尹、礼部员外谢宇，为禅师都纲正官绰领占写并诗。想从者顽子谢昊，并其徒扎失坚粲、星吉藏卜、绰吉领占、桑吉肖管、绰察亦止藏卜也"。

第二处石刻则在第一处石刻下方，诗前写有"再用前韵"：

> 我亦常嫌世务迷，
> 清泉白石久相违。
> 朝回拄笏频西望，
> 黛色参天空翠微。

诗后注为"菊坡道人谢宇题，刻石者东鲁张纯，磨石者士人杨清也。成化辛卯夏四月初吉"。

第三处，在"翠微山"石刻东2米处，有一"佛"字。

石景山区有一个自明清以来就闻名京西的村落，名叫磨石口，因盛产磨刀石，且村西有驼铃古道隘口，被百姓称为磨石口。旧时，此村古隘口曾为军事重地。磨石口村环境幽美，山清水秀，北倚翠微山支脉蟠龙山，南向永定河，曾被明代文学家李东阳誉为"甲于天下"的风水宝地。

# 目录
CONTENTS

第三章

## 名胜古迹传说　　　　　　　45

非物质文化遗产丛书

Intangible Cultural Heritage Series

古道磨石口传说

第四章

# 人物传说

第五章

## 地方传说 ——— 137

第

一

章

古道磨石口传说概述

◎ 翠微山石刻 ◎

◎ 磨石口村京西古道 ◎

现今的京西模式口，原名为磨石口，1923年正式改用今名，磨石口村位于北京小西山的翠微山南侧，现北京石景山区行政区划内，村子因盛产磨石而得名，因磨石质优而闻名。

磨石口村位于太行山之东的小西山，旧时有永定河故道流经，现西侧为永定河。村子西北靠山，南望平原，东有驼铃古道自京城而来。明宣德八年（1433年）已有磨石口之名，为村名最早的记载。明嘉靖三十九年（1560年）刊印的《京城五城坊巷胡同集》已将磨石口村同北京通往河北东部，山西及塞外的通道连在了一起。明万历二十一年（1593年），宛平县令沈榜撰写《宛署杂记》记载磨石口村在交通运输方面的重要作用。清顺治皇帝定都燕京，北京仍称京师顺天府，磨石口归属未变。民国初期，磨石口已成为远近闻名的富庶村落。在时任河北省议员和永定河水会会长李堪（字雅轩，磨石口村人）的多方斡旋下，1922年2月，磨石口全村通了电，成为北京最早用上电灯的村镇，建有小学校，李堪亲任校长。李堪认为磨石口有电厂、铁厂、煤业，又具有悠久的历史，经济、文化等社会发展前景无量，应当把家乡办成一个模范村，于是呈文上报宛平县长汤小秋，建议将磨石口改名为"模式口"。1923年春，经宛平县政府批准，磨石口正式易名为模式口。

磨石口村有丰厚的历史文化积淀，村东的金顶山发掘出汉代大型建筑遗址；村北蟠龙山上，有地质学家李四光发现并确认的第四纪冰川擦痕，被地质科学界公认为"亚洲史上光辉的一页"。另据不完全统计，磨石口村曾有寺庙28座，是石景山区寺庙最多的村镇。其中以法海寺壁画和承恩寺最为著名，另有宦官田义的墓。

磨石口村有古朴的民俗风情，因驼铃古道经村而过，旧时商贾云集，驼铃不绝。

磨石口村在东西走向全长1.5千米的大街上建有4座过街楼，每座过街楼都建有楼阁或殿堂。磨石口村有古老的村落围墙，如今仍有留存。

◎ 磨石口老墙 ◎

磨石口村有古老的水利工程，《京西古道模式口》中记载，金大定十一年（1171年），在磨石口村南原戾陵堰、车箱渠的基址上，复开金口河，引水东至通州，入潞水，以利漕运。

磨石口村有享誉京城和塞外的驼铃古道，是京师通往山西、张家口、内蒙古等地的重要军事、经济要道，易守难攻。《光绪顺天府志》载："宛平西四十里山底村（石景山东山下村）、北辛安，已（以）上村在永定河东，旧有宁台、元英、曆室宫近此。"

### 一、磨石口传说的主要内容

祖辈流传在磨石口村的传说内容非常丰富，口耳相传延续至今，这些传说与磨石口村所处的地理位置、村内建筑及村民的生产生活密切相关，主要有以下几类：

（一）磨石口村西有古隘口，从磨石口村西下一个非常大的陡坡，驼铃古道延伸向西山；磨石口村位于小西山层峦叠嶂的山峦之南，故有部分传说与古道和山川相关。

◎ 磨石口街上寺庙及古树 ◎

（二）磨石口村地处京西，位于小西山宝地，翠微山之南，与八大处、香山等京西名胜近在咫尺，是皇家郊游、打猎之地，故相当一部分传说与皇家有关。

（三）磨石口村是永定河故道流经之地，也挨近目前的永定河，加之磨石口村附近是曾经的庞陵堰和新中国成立后的水利工程之地，故有部分传说与河流相关。

（四）京西小西山一带寺庙林立，许多寺庙为宦官集资所修建，加之寺庙内建筑或器物是宦官出资或住持制造，部分传说涉及宦官群体。

（五）磨石口村是驼队出城后往西必经之地，《宛署杂记》载，"自阜成门二里曰夫营，又一里曰二里沟，又二里曰四里园、曰钓鱼台、曰曹家庄、曰三虎桥，又四里曰八里庄""一道二里曰两家店，曰松林村。曰阮家村、曰田村，又七里曰黄村、曰黑塔村、曰七家村、曰新庄村、曰北下庄村、曰撅山村，又八里曰磨石口，又二里曰高井村，又五里曰麻峪村，又五里曰五里坨，又五里曰三家店"。驼铃古道常年不绝地将西山、山西、内蒙古、河北等地的物产运入京城，以保证京城的煤炭等生活必需品。曾有民谣唱道："西山秃，大都出。"可见北京的建城及后续的建筑材料与货运的古道密切相关。故有部分传说涉及此内容。此外，老舍先生的名著《骆驼祥子》中多次提到磨石口。

◎ 磨石口村关帝庙 ◎

（六）磨石口村西的古隘口，可谓一夫当关万夫莫开，旧时驻扎有军队，《光绪顺天府志·地理志》云："（蓟县）西北三十五里，磨石口镇，千总镇焉。"

（七）民众生产生活是民间传说的基本内容，磨石口村流传着一些反映民众不同历史时期的传说。

（八）磨石口村有闻名世界的法海寺，有具有神秘色彩的承恩寺，还有反映宫廷特点历史时期宦官文化的宦官陈列馆。此外，村中及附近村落还有与佛教、道教、民间诸神相关的宗教场所，因此流传着部分与宗教相关的传说。

（九）京西民间有"一溜边山府，七十二座坟"的说法，磨石口村地处一溜半山府的重要地段，墓葬文化历史悠久，其中田义墓、李童墓就在此村，故民间流传有诸多与墓葬相关的传说。

（十）旧时京西许多寺庙收跳墙和尚，有些跳墙和尚还俗后不适应外界的生活，就又回到寺庙。磨石口的寺庙中也有一些当地或外来的出家僧人，这些出家僧人讲过一些传说，同时他们也成为后来传说中的人物。

## 二、磨石口传说的传承保护

磨石口村有珍贵的法海寺明代壁画及其他历史文化遗产，因此受到各级领导的重视和保护，法海寺则被列为新中国成立后北京的第一批文物保护项目。各界对该村的保护主要有以下几方面：

◎ 英国摄影记者安吉拉·莱瑟姆拍摄的法海寺
壁画照片 ◎

### （一）北京市政府对文物及整个村落的保护

磨石口大街历史文化保护区占地约0.356平方千米，是北京市公布的第二批历史文化保护区。磨石口已经被列入第二批北京市历史文化保护区。

历史上对磨石口历史文化的保护既有政府部门、专家学者，也有普通百姓。1950年，中央美术学院教授叶浅予参观法海寺，发现法海寺的正殿成为士兵的宿舍，壁画有受损危险，叶浅予致信文化部文物局，"1937年《伦敦新闻》画报曾刊登这些（指法海寺）壁画与塑像，介绍甚详"，并提出了对法海寺保护的四条意见。1950年4月18日，时任部长沈雁冰亲自签署公函："请保护石景山附近法海寺壁画。根据本部中央美术学院院长徐悲鸿报称，该院近有人至石景山附近法海寺观明朝壁画；见该寺已驻有部队，壁画有部分已被毁坏，有些壁画上钉了好些钉子。请即查勘，并通知借住部队加以爱护；已经钉的钉子就不用拔出，未钉死的轻轻把它钉进去，以免拔出时再毁坏。请即核办为荷。"1956年，郭沫若和时任北京市市长彭真来翠微山下的磨石口处理永定河引水工程中发生的塌方事故。郭沫若到法海寺看了壁画，认为法海寺壁画是和敦煌莫高窟、芮城永乐宫壁画一样珍贵的艺术珍品。1957年，法海寺被列为北京市第一批古建文物保护单位。

◎ 法海寺藻井（复制品） ◎

（二）石景山区政府部门的保护

对建筑进行修缮，并与自然文化遗产及非物质文化遗产相结合，举办各类宣传活动，以物质文化遗产为基础，搭建非物质文化遗产保护传播平台。

（三）专家、学者通过建言献策、社会呼吁、文化传播起到促进政府保护的重要作用

先后有胡絜青、舒乙，历史、地理学家侯仁之，史学家史树青，原文化部代部长贺敬之，历史学家屈祖明等众多专家学者关注磨石口村历史文化。

◎ 著名学者舒乙参加磨石口村承恩寺非物质文化遗产宣传、展示活动 ◎

◎ 历史学家屈祖明（中）在磨石口承恩寺与石景山区文保部门领导探讨传统文化保护问题 ◎

（四）民族民间文化保护的相关部门进行民间文化的搜集整理

　　石景山区文化部门于1983年启动的民间舞蹈、民间文学等搜集整理工作，对磨石口传说进行了新中国成立后的第一次搜集整理，部分传说收入《石景山传说》。2007年，石景山区文化委员会，为磨石口传说申报开展了再次的田园调查和收集整理工作，成功将磨石口传说申报为北京市级非物质文化遗产项目，同时开展了多种形式的传承保护工作。2013年至2017年，石景山区为出版《古道磨石口传说》再次进行挖掘及搜集整理工作。

◎ 2007年石景山文化馆在磨石口村进行普查 ◎

◎ 2015年3月石景山文化馆到磨石口村清真寺进行传说搜集 ◎

◎ 原石景山区老干部局局长、磨石口村村民乔守恂
讲述承恩寺传说 ◎

### 三、磨石口传说的传承方式

民间文学的活态传承在当今数字化媒体高度发达时代，遇到前所未有的阻力，民众早已经逐渐改变了口耳相传的世代传承方式，而变成利用多媒体数字化方式了解历史及旧情旧俗，因此民间文学的活态传承保护需要保护单位及地区社会各单位倾注更多的精力，采取更宽泛的传播方式。

石景山区在对《京西磨石口传说》的活态传承保护上，采取了以全面搜集整理为基础，以结集出版为历史资料保存传播，以新媒体方式为尝试探索，以组织学校、社区、驻区部队及企业传播为助力，以社会文

◎ 举办非物质文化遗产培训班 ◎

化阵地如文化馆、图书馆、少儿图书馆等活动场所为常年活动地点，形成了多方位、多层面的活态传承保护方式。

第一，为活态传承提供必要资料。石景山区文化馆首先遴选了一部分适合广泛传播的传说，结集成册，发放到社区、学校，作为民间文学普及资料。

第二，利用全国文化遗产日进行广泛的社会传播。2006年6月，"石景山区首届全国文化遗产日"举办了民间传说故事会，此后一直坚持。

第三，民间传说的宣传走向公共场所及文物保护单位及旅游景点。先后在石景山文化馆、图书馆、少儿图书馆、古城公园、承恩寺、八大处公园等场所举办传说故事会。

第四，利用展板、百姓大舞台等宣传平台进行图文及有声故事现场讲述等活动。

第五，设立民间文学传承基地。先后在社区、学校和图书馆、少年儿童图书馆设立了民间故事传承基地。

石景山区少儿图书馆在传承教育活动中，针对本地区和外来打工子弟的少年儿童群体，开展以石景山区民间传说为课题的保护、传承、教育、开发和创新工作。从非物质文化遗产概念、价值、传说故事等方面进行生活形象的展示和传播。同时结合中华民族传统文化、民族、礼仪等开展综合性教育。

石景山区图书馆的民间传说故事传承教育基地主要是面向成人的，社会成员为不同阶层的人员（公务员、社区居民、驻区部队、在校大学生、来京务工人员、其他社会人士等），使其了解石景山区的优秀传统文化，热爱石景山区的山川热土，激发热爱家乡，建设家乡的情怀，推动石景山区的各项建设事业发展。

石景山区实验小学，针对小学生学习英语的难点，将石景山区的民间故事由石景山区区民龚彪翻译成英语，让孩子们在故事中学习语言，同时以故事剧的形式引发孩子的学习兴趣。

随着城市进程的推进和改造，磨石口这个古老的村落也在发生着变化，为了把磨石口古村落旧时的街市情形完整地记录下来，石景山区老干部局原局长乔守恂多次协同画家何大齐，对磨石口古村落过去的店铺和建筑进行实地考察，由何大齐先生精心绘制了40米长的磨石口市井图长卷。为磨石口传说的物象记录留下了宝贵的资料。

（七）磨石口村居委会利用暑期和重大节日，举办传说故事会，既活跃了学生的暑期文化生活，也成为活态传承的积极方式。

◎ 磨石口居委会举办暑期传说故事会 ◎

◎ 在磨石口居委会院内听故事的孩子们 ◎

## 四、磨石口传说面临的问题

《磨石口传说》在一定程度上弥补了正史的不足，形象地表现了劳动人民的聪明、智慧、勤劳、勇敢以及在社会的发展与进步中的重要作用。再现了人文历史风貌，反映了磨石口地区寺庙、宦官墓园等精美古建的形成与变迁。同时，文人加工与百姓口口相传的民间故事更生动、形象，更有利于代代传承，更具有人文价值。但是，我们必须看到磨石口传说的濒危状况：

第一，曾经搜集整理和讲述《古道磨石口传说》的人在逐渐离世，仅近几年，讲述磨石口传说的老人刘晏、曹玉兴、吕品生、孙培元、栗加有等相继离世，健在的大多年事已高。

◎ 2015年3月磨石口村91岁老人刘晏讲述磨石口传说 ◎

第二，北京建设现代化国际大都市，磨石口村也将面临发展改造，加之原住村民为了改善居住条件，搬离原住所，将房子租给外地来京务工人员的情况很突出。原住民的离开，造成民间传说的断档。

第三，随着经济的发展，外区人、外地人大量涌入以及该地"农转居"的完成，人们的生产方式、生活方式和意识形态发生重大变化，磨石口古道古朴的民俗风情延续遇到困难，失去了民间故事生存的环境和根基。

古道磨石口传说

　　第四，民间文学，尤其是以口传心授的形式传承下来的民间故事，不再成为高科技迅速发展的今天人们喜闻乐见的文学样式，民间故事在逐渐淡出历史，甚至可能会自行消亡。为此，今后我们要进一步做好磨石口传说的挖掘、整理、活态传承工作，把传说丰富的人文内涵转化为资源，对打造石景山区的地域文化特色，把石景山区建成为首都西部的文化、休闲、娱乐服务区具有十分重要的历史文化价值。

　　近年，磨石口村被列入石景山区西部生态改造村落，但将保持原村落的相对完整，并增加其传统文化元素，这将有利于磨石口传说的整体保护。

◎ 磨石口村寺庙建筑 ◎

# 第二章

## 山川河流传说

古道磨石口传说

一

# 小黄龙智斗大黑龙

磨石口西边有一条大河，古时叫漯水，因为水浑，两岸的老百姓叫它小黄河（今永定河）。这河跟流经青海、山西的黄河可不是一条河，它从山西的高山上流下来，裹带了一路的泥沙和黄土，河水流到下游石景山这地方就成了黄色的了。

京西一带的老百姓说，河水是因为河里的一条小黄龙天天闹腾才变成黄色的，磨石口村的一个打鱼人，就招呼十里八村的能人，凑在一块儿出主意，商量着怎么治住这条小黄龙。

小黄河里还住着一条大黑龙，大黑龙平时尽作恶，拉煤的骆驼过麻峪板桥的时候，大黑龙就在上游闹水，把板桥冲烂，骆驼掉进河里，大黑龙就乘机把骆驼全吃进肚子，吃完了就在小黄河里翻天覆地折腾，水就更黄了。可岸上的老百姓不知道这些啊，就以为是小黄龙的罪过，所以一定要把小黄龙赶走。

小黄龙也没办法跟岸上人说清楚，它想只有一个办法，就是我把大黑龙赶跑，河水清了，岸上人就不来惩治我了。想到这儿，小黄龙就连

◎ 2007年永定河石景山段河床 ◎

夜做了十几头假骆驼，骆驼是稻草做的，小黄龙在稻草骆驼里放上了削尖的锋利木棍，一个稻草骆驼里就有几百根尖尖的木棍。这天夜里，天黑浪大，波涛滚滚，小黄龙在岸边摆好了稻草骆驼，喝下一大口河水，把岸上的稻草骆驼吹到河中央。河里的大黑龙一看，远处洪水夹着一头胖胖的大骆驼顺流下来，心想，好啊，我今天肚子正饿着，有吃食了。大黑龙伸出头，迎着浑天大浪里飞滚下来的骆驼就张开了大嘴，眼瞅着一个稻草里的尖尖的棍子一根接着一根地刺进大黑龙的嘴里，把它疼得啊，越是想把嘴闭上，接二连三冲进嘴里的尖棍子越多，大黑龙再也威风不起来。

只见小黄龙到了大黑龙的后边，顺着滔滔水势就把大黑龙推进大海里去了，大黑龙和大水也把小黄龙卷进大海，再也没回来。后来，这河里的水不像原来那么黄了。老百姓得知小黄龙打败大黑龙的事，就在河边建了一座龙王庙，纪念小黄龙。

搜集整理：**杨金凤**

# 双泉寺

非物质文化遗产丛书

Intangible Cultural Heritage Series

古道磨石口传说

　　石景山区的西北部山峦重叠，其中有一座山叫翠微山，翠微山中有一条两侧长满茂密林木的沟壑，当地百姓叫黑龙沟。黑龙沟满是茂盛丛林和奇花异草，沟里的泉水更是奇特，这泉水从山中流淌出来的时候分了个岔，一左一右从坡上汇集到坡前一块平地上。

　　传说，有一年春天，金章宗到翠微山踏青，从西山八大处往西北走，山中景色奇美，他一路走一路赞叹，不知不觉就来到了这双泉流过的平台，随从们伺候圣驾歇息，他就坐在了平坡上。眼前满目苍绿，身边左右泉水叮咚，桃花、梨花漫山遍野，金章宗那叫一个享受啊，索性铺上东西躺下休息，迷迷糊糊似睡似醒间，梦到自己是躺在一个宏伟的寺庙里，木鱼当当地敲着，一声声佛经在耳边缭绕，金章宗也跟着念起经来，念着念着，就见飞天撒下漫天的花瓣，他赶紧用手去接，这一接，他就醒了，用手一摸，脸上落下好多鲜嫩的花瓣，金章宗高兴啊，

◎ 双泉寺 ◎

站起来看看四周，对手下的大臣说，在这里建座寺庙吧。

就这样，金章宗下旨在他躺的地方建了座寺，就是现在的双泉寺。从此以后，他夏天来这儿避暑，秋天来赏秋，冬天来踏雪，这地方就越来越有名气了。

搜集整理：**杨金凤**

# 双泉桥

京西从前有户姓殷的，祖上会给人治病，治病的药材都是从山上采来的。这天他背着背筐在大山里采了满满一筐的药，走到一条十几米宽的大沟边上，看见东边崎岖的山间小道上走出来两个人，一个大人，一个十几岁的男孩，大人长袍大褂，看上去是个读书人，男孩像是个随从。那俩人站在沟的东边，探头看着沟里边哗哗流过的泉水，别看是泉水，水势挺大，男孩就劝那大人回去，那大人却像是非要过来不可。

姓殷的采药人就问："二位，是要过沟吗？"

那孩子说："我们是要过去，这里有桥吗？"

大人也说："有劳您指给我们一条能过沟的路吧。"

◎ 双泉桥（万善桥）◎

采药人说："有是有，得绕五六里山路，先往南下山，再从西边山下上来。"

大人又问："您老要怎么过来呢？"

只见采药人拽着沟西边的一条老藤，往后退几步，身体一悠，轻巧地落在沟东边，然后把老藤拴在东边的一棵树上。那大人看得惊呆了，说他也要这么过去，身边的男孩拽也不敢拽那大人，只用身子拦着。大人不听，执意要用老藤悠过去，只见小孩急得脸红脖子粗，咕噔跪在了大人面前苦苦哀求："皇上，您不能过去。"

采药人一听，什么？皇上？还以为自己听错了，就站在边上看着。小孩开始磕头，这下采药人知道自己今儿个遇上大人物了，他装作不知情，就对二人说："二位要真想过去，那就等等我。"说完，放下背篓，用砍刀在山上砍了几棵两拳那么粗的树，搭在了沟里的一块大石头上，弄成了个临时的桥。他水性好，下到流淌的泉水里，扶着两个人过了大沟。二人过了沟，那大人谢过采药人，给了他一大把的钱。采药人推托，说我不能要这么多的钱，那大人说："钱你拿着，找人在这里搭个木桥，剩下的就给你吧。"

小孩悄悄问："皇上，您怎么就相信他拿了钱会修桥呢？"

大人说："采药人本就是采药给人治病的，行善行好是他的心性，错不了。"

第二天，采药人就找了村里人来这沟上修了座木桥，用修桥剩下的钱，还在桥头修了个佛像。没几日，皇帝和随从在西山玩够了，回来的时候又经过这里，轻轻松松从木桥上过去了。传说这皇帝就是金章宗，他喜欢吟诗作画，经常到翠微山来郊游，不但修了双泉寺，还把双泉寺当成自己行宫。要到双泉寺，就要过那条沟，后来那木桥年长时久坏了，人们就把木桥拆了，建成了石桥，取名双泉桥，也叫万善桥。

搜集整理：**杨金凤**

# 金章宗磨石口村暗访

　　金章宗当皇帝，没赶上好时候，黄河三次大决堤，连现在石景山地段的磨石口西边的永定河也闹腾。那时候永定河叫小黄河，只见大水漫堤，顺着磨石口村的龙形古道波涛汹涌地冲进燕京古城。祸不单行，这一年中原地带又开始闹蝗虫，一时朝廷一片慌乱，举国上下哀鸣。

　　金章宗一边命手下赶紧赈灾，一边找人加固修筑永定河堤坝，无奈这河修了半天，河水依旧泛滥。金章宗对京西熟悉啊，翠微山有他的避暑院子，他就微服前往永定河看修河的情况。这天傍晚，他走到了磨石口，来到王家铺子歇脚。金章宗要了吃食，一边吃一边跟店家闲聊，问村里怎么这么冷清，店家说，健壮的男人、女人都去修河了。金章宗就问为什么河修了还发大水，店家开始不愿意说，悄声暗示眼前这个路人，莫谈修河。金章宗纳闷，修河有什么可隐瞒的？这里面一定有问题。于是旁敲侧击地追问，但店家就是不说。

　　以前磨石口是驼铃古道，街上店铺多，有供拉脚的人住宿的店家，

◎ 磨石口村曾经经营煤铺的李广太家 ◎

有铁匠铺子，还有钉马掌的，一应俱全。金章宗眼瞅着天色已经黑下来，就找了家车马店住下。这下他不主动找人问修河的事儿了，而是偷偷躲在屋里听院子里那些拉骆驼的、赶脚的人们聊天。

只听一个男人粗声粗气地说："明天要过麻峪村板桥了，不知道这过河的桥修好没有。"

另一个说："且修不好呢，修桥的银两都让当官的划拉进自己腰包了，不给修桥工钱，拿不到钱，吃不饱饭，没力气干活。"

接着有人说："皇帝是个好皇帝，拨了赈灾款，地方官可是没一个好东西，一道一道地克扣，哪儿还有钱给干苦力的。"

金章宗倒吸一口凉气，原来是这么回事儿啊。不行，我得到河堤去看看。金章宗抬脚就往河边奔去，天黑路坑坑洼洼，他哪儿走过这样的路，平时都是坐轿子的，等他到了河边，已经是摔得一身泥土了。他趁着月色往大堤上一瞅啊，泥沙堆积，乱七八糟。于是金章宗就住进了磨石口村村西古隘口山坡上的一个寺，每天到河堤来监督工期。没多久，那河堤就修好了，金章宗惩罚了一大批贪污赈灾款的贪官。据说，那年修复河堤光用工就花了四百多万银两呢。

搜集整理：**杨金凤**

# 五

# 漂水的传说

过去永定河有过好几个名字，什么小黄河、卢沟河、浑河、漂水、无定河，古书有记载过。《元史·河渠志》里说："卢沟河，其源出于代地，名曰小黄河，以流浊故也。自奉圣州界流入宛平县境，至都城西四十里东麻谷，分为二派。"《明史·河渠志》里说："桑干河，卢沟河上游也，穿西山入宛平县界，东南至看丹桥，分为二，其一东流由通州高丽庄入白河。其一南流霸州，合易水，南至天津丁字沽入漕河。"

京西民间传说，这地方原来没有这条河，河是被围在上游的大山里的，山里树木茂盛，河水囤在像一口锅一样的大洼子里，各种动物都来这里饮水，奇花异草也很多，人们生活在仙境里一般。山里住着一户人家，一个老翁和他闺女，老翁开荒种地，他闺女缝衣煮饭，日子挺安生。

有一年是个大旱年，突然一天黑云压顶，几天几夜不见亮光，只有这河水能映出点亮来。虎啊，狼啊，猴子啊，鸟什么的都聚集到河边

◎ 从前被称为漂水的永定河 ◎

来，老翁和他闺女也来到河边。哪知他们正在河边洗脸，从河里冒出一个庞然大物，老翁仔细一看，天啊，这不是黑蛟龙吗？只见这黑蛟龙一甩尾巴，就把老翁的闺女卷到河里了，一会儿就无影无踪了。老翁一见，跳进河里就跟黑蛟龙打斗，老翁看上去是个人形，实际上早就修成神仙了，他拿出几百年的本事，用两根手指一下就戳进了黑蛟龙的眼睛。黑蛟龙疼得"啊"的一声，一张嘴就把老翁的闺女吐出来了，用的劲儿太大，撞出一个山口，洪水就一泻千里地从高山上的洼子里冲了下来，直冲到磨石口西边，冲出一道大河，老翁的闺女也被冲了下来，京西一带从此有了水。

传说这闺女就嫁到了翠微山里的一户人家，因为老翁有神力，翠微山从此也山清水绿跟仙境一样，㵲水从这里流过，人们打鱼种田，村户也越来越多了。

搜集整理：**杨金凤**

# 小白龙找卢师下棋

从前，有一个和尚叫卢师，他撑着一个木筏子从桑干河漂流到了现在的西山。后来他收了两个徒弟，一个叫清风，一个叫明月，师徒三个人就在河边的一个悬崖上修行。这天，清风和明月正在下棋，突然从山崖下飘上来一个人，惊得清风和明月张大了嘴。来人二话不说，要跟清风下棋，没几招，清风就输了，一旁的明月不服气，三下两下也败下阵。来人提出要和清风明月的师父下棋。

清风请来师父卢师，卢师没提下棋之事，而是问那人是否要喝水、吃饭，来人说不用；卢师又问来人是否疲乏，需要歇息，来人也说不用。此时卢师似乎明白了什么，二话不说码上棋子，二人对弈。这棋一下就是三天三夜，俩人不分输赢。清风和明月想了各种招数给来人捣乱，都被一一识破。

第四天上，卢师借口要去喝水，走进自己住的摩崖石室，打开一个葫芦，只见葫芦里冒出一股烟，直飞天上，顿时狂风大作，电闪雷鸣。卢师放下葫芦，又回到棋盘跟前。只见那来人坐卧不安，很快起身说："师父棋高一筹，本人告辞了。"

那人一走，卢师对清风和明月说："你们俩跟去看看。"

清风说："师父，他已经输给了您，我看他也不是什么仙人。"

明月说："怕不是什么妖怪吧？会不会再来？"

卢师说："是仙人还是妖怪，你们跟去看看不就行了。"

清风和明月一路紧跟着那人，只见那人到了河边，往芦苇丛里一钻，没影儿了。清风和明月也跟着进了芦苇丛，却什么也没找到。说也怪了，这人一钻进芦苇丛，风也停了，雷也不响了，雨也不下了。清风和明月也没看出个所以然，就回去跟师父说了。

隔天，那人又来了，还是要下棋。下着下着，卢师又要离开，这时

◎ 苇塘 ◎

那人也站起来，说师父，您不用回去拿葫芦了，这葫芦在我这儿。卢师一惊，葫芦怎么到了他手里。那人说，我是河里的小白龙，犯了天条，被龙王贬到这河里看守，天天在河里待着没事儿干，听过河的人说，您棋下得好，就来讨教，既然您已经看破，还派了他们俩跟踪我，我就不隐瞒了。

卢师说，你还是回到河里去吧，现在是水灾季节，万一发大水，你没看守好上游的孽龙，这一带百姓就要遭殃了。说罢让清风把棋子收了起来。

这小白龙看卢师不跟自己玩了，就跑到更远的地方找别的好玩的，为了引诱贪玩的小白龙，那孽龙变成了一个美女，又变出了一个养着金鱼的大院子。小白龙上了当，一连在孽龙家里玩耍了十几天。这十几天里，孽龙在河里折腾开了，搅浑了永定河水，河水泛滥，让两岸的百姓遭了殃。从此这河就让孽龙给占了，成了浑河。

讲 述 人：**刘广泰**

整 理 人：**杨金凤**

# 白龙父子

　　法海寺大雄宝殿前头有两棵白皮松树，不是这树叫白皮松树，是这松树的皮是白的。也有的人叫这树大白龙，说这树是龙落地，来到磨石口这地方的。

◎ 法海寺白皮松树 ◎

　　传说早年间，磨石口附近大旱，山不长寸草，地不打颗粮。老百姓跪了一片，求玉皇大帝救灾荒。玉皇大帝说，你们都回去吧，今天夜里我就会普降甘霖。

　　玉皇大帝派了白龙给民间降雨，哪知因为天黑，白龙把雨降错了地方。玉皇大帝于是就让白龙白天去降雨，结果白龙因为前次犯了错儿，这次想将功补过，就一口气降了三天雨，这下子降过头了，暴雨把永定河都灌满了，还溢出来淹了不少的村子。这下玉皇大帝真的生气了，下旨把白龙贬到永定河里看河。

白龙被贬到京西永定河以后，它儿子小白龙在天上想他呀，就也偷偷来到永定河里。岂料这永定河里以前住的黑龙，嫌白龙父子占了它的地方，天天惹祸，不是发大水淹死人，就是发大水淹庄稼，要么就把永定河水吸干，嫁祸于白龙父子。每每出事儿，白龙父子就被玉皇大帝招去惩罚一次。白龙跟小白龙说，天界也这么不公平，我在天上受罚，在水里也受罚，算了，我要另寻出路了，你还是回到天上去，好好过生活。

　　这天夜里，只见一道银光从永定河腾起，带的水光映亮了整个北京城，自然也惊动了天宫。玉皇大帝见白龙背叛天庭，下令放箭，这箭不偏不倚正好落到白龙的头上，只见这白龙一头扎到地上，这地方就是翠微山磨石口后来的法海寺，白龙扎到地上以后，就变成了白皮的松树。

　　小白龙得知爹被射死，就一路找来，等给白龙过完了头七，也一头扎进白龙不远的地方，变成了另一棵白皮松树，就这样，白龙和小白龙并排立在法海寺的大雄宝殿前边，千百年来父子俩永不分离。如今人们到法海寺，都会被像闪着鳞甲一样银光的白皮松古树吸引。老辈人传说，这是白龙父子守卫着大雄宝殿里的壁画呢。


搜集整理：**杨金凤**

# 翠微山的来历

据《高僧传》记述，一日，佛图澄正与后赵武帝石虎坐在一起饮酒说法，突然佛图澄说："不好了！不好了！幽州城发生了火灾！"随即转身端起酒杯向幽州城方向泼去，不久之后，佛图澄笑着对石虎说："现在幽州城的大火已经扑灭了。"石虎觉得奇异，不太相信佛图澄的话，于是就派遣使者前往幽州城验证，数日后使者从幽州城回来向石虎汇报说："那一日，幽州四大城门真的是燃起了熊熊大火，正当人们惊慌失措之际，忽然天空中飘来一阵乌云，接着天上降下了倾盆大雨，扑灭了大火。"

传说佛图澄曾经在法海寺西院的龙泉山修行，能多日不食，善诵神咒，役使鬼神。佛图澄不单能降雨灭火，还有给鸟类讲经的本事。

从前翠微山没有这么多树，佛图澄来了以后，天天念经，声如洪钟，能传到很远很远的地方，山上的各种鸟听到这么好听的声音，就都

◎ 磨石口村古树 ◎

飞到寺里来听经，有的落在屋顶上，有的落在石头上，有的落在墙头上。这些鸟每次来听经，觉得空手来不合适，就用嘴衔了草籽、树籽、花籽，把这些籽埋在山上，久而久之，翠微山就满山翠绿了，所以后来人们管这个花香树茂的地方叫翠微山了。

搜集整理：**门　利**

# 九

## 蟠龙山

桑干河顺流而下的地方，过去是一片苦海，苦海的水特别苦，黄帝和炎帝打仗的时候，苦海的水不能喝，士兵们长期缺水，病倒了一大片。

传说黄帝的一个孙子媳妇听了很着急，昼夜不宁，帮黄帝想办法，时间长了，耳朵长了个大瘤子。黄帝招来太医给孙子媳妇看病，太医从她耳朵里挖出一条虫子，顺手就放在了随从端着的盘子里，太医怕黄帝孙子媳妇看了虫子害怕，又顺手抓了个瓢扣住那虫子。就在这时，一阵电闪雷鸣，那虫变成了一条白龙。

黄帝的兵将越来越缺水，病倒的士兵也越来越多，炎帝此时正准备大举进攻，谋士们也都急得束手无策，就出主意让黄帝出榜招贤，谁有办法弄来足够兵将们喝的水，就可以招为驸马。

榜贴出去，几天无人揭榜。黄帝一筹莫展之时，有人来报，说揭榜的人来了。黄帝一听，赶紧召见。这一见可好，没把黄帝气晕了，原来他面前出现的是条小白龙。

黄帝问："你能寻找到甜水？"

白龙说："能。"

皇帝问："水够我这大队兵马所用？"

白龙说："能。"

黄帝一听，眼前的白龙似乎还真有点本事，就问："我除了把女儿嫁给你，你还有什么要求？"

正在此时，黄帝的手下来报，说黄帝的三个女儿都要挂绳子上吊，皇帝问怎么回事儿，手下说，您的仨女儿都不愿意嫁给一条龙。黄帝龙颜大愁。

这时候白龙说："黄帝您是真龙天子，我只不过是个河渠小虫，您不用这么器重我。既然您女儿不愿嫁给我，赐我一座山也行。"

黄帝说："地盘的事儿我说了算，你要哪儿，等你弄到水以后再说，我绝不会食言。"

白龙也没多说，起身来到桑干河，沿着河划了道大口子，河水就从上游往下游汹涌地流下来。黄帝的士兵有了甜水，士气大振，起兵跟炎帝打仗去了。白龙还没来得及得到黄帝的奖赏，就被桑干河里的虾兵蟹将给围困住了，说他们几千年都在这桑干河里住着，现在白龙放水，把他们也冲到这里来了，非让白龙送他们回家。白龙跟桑干河里的虾兵蟹将打斗了一阵，就佯装败阵，跑去见黄帝。

白龙见了黄帝，让他兑现诺言，黄帝立刻划给他一块地盘，这地盘可不是一座山，而是三座。这三座山就是馒头山、蟠龙山和福寿岭。

桑干河的虾兵蟹将追逐白龙而来，白龙也不跟他们打斗了，说我给你们找个新的家，于是就在翠微山前也划了一条河，其实就是永定河，白龙把一些水从河里引过来，把翠微山上撒满了树种子，虾兵蟹将们一看这地方有山有水，也不错，就不再闹腾回家了。

白龙平时从永定河出来，就把尾巴盘在现在的蟠龙山上，人们就叫这里蟠龙山。后来白龙因为在人间行善，又被唤回天宫。磨石口一

◎ 陈家沟水库，传说中是龙潭 ◎

带的人们，为了纪念白龙引来了水，种绿了山，就在这里建了一座寺庙，叫龙泉寺。明代的皇帝也看中了这块宝地，就在龙泉寺旁边修了法海寺。据说，法海寺壁画上有天龙八部，其中就有小白龙。

搜集整理：**杨金凤**

# 磨石村

　　翠微山上有一尊佛像，佛像的底下有一个石洞，石洞里面有一座石床。离佛像不远的地方有两块石碑，上面写着"翠微山隆庆庵庄彩圣像"字样。过去，磨石口村里的孩子们到山上玩，经常钻进石洞里耍，村民叫它佛爷洞。

　　相传，这尊佛像在这里已经好几百年了，那这佛像和佛爷洞是怎么来的呢？

　　过去，山脚下有一个村子，村里住着一个叫纪庄的年轻人，打柴、挖石头过日子，因为力气大还帮别人砸粮食。砸粮食就是玉米收下来，他把玉米放在石台上，再用另一块石头砸，把玉米砸碎再用石头慢慢碾磨成面。纪庄每天累得连炕都爬不上去，手又是茧子又是血，他想，要是有省力的办法把这些粮食磨碎就好了。

　　纪庄这天又上山砍柴，见一个老人病倒了，靠在一块大石头上，纪庄放下柴草，把老人扶起来，见老人昏迷不醒，就背回家去了。

　　到了家，老人慢慢醒了，不停喊饿。纪庄自己家一粒粮食都没有，只好到地主家借了点粮食给老人吃，自己就吃野菜。就这样，老人在纪庄家住了下来。纪庄自己每天吃野菜、野果子，可总要给老人做点玉米糊糊喝。时间一长，地主见纪庄老不还粮，就来要，纪庄说尽好话，说给地主家砸玉米抵账。

　　地主说："一个捡来的脏老头，你还当爹供着？"

　　纪庄说："我纪庄是个孤儿，每天一个人冷食冷灶，他老人家来了，我这日子倒有盼头了。"随后，纪庄就认了老人当爹。

　　纪庄到了地主家，地主指着几个大粮仓说："你三天要把粮仓里玉米都给我砸成细面面。"纪庄一看，别说三天，三年也砸不完啊。纪庄知道说也没用，只能硬着头皮动手干活儿。半夜，纪庄干累了，就趴在粮食上睡着了，梦里，有个老头，劈下山上的一块圆圆的巨石，一伸手指头把圆盘石头中间戳了个洞，撅下一根木棍穿进石洞里，把水缸大小的一块圆石碌子搬上了圆盘，在地上画了一头毛驴。毛驴眼瞅着欢蹦乱跳地跑起来。这时，忽见月光下闪出一个女子，把玉米撒在石盘上，让毛驴拉着石碌子碾，一圈儿一圈儿，不到一个时辰，地主家的几仓玉米都变成了面面。

纪庄醒来，自己正躺在家里炕上呢，他喊着："爹，爹，我怎么在家呢？"

他从屋里喊到院子也没见老人，却见院子里一个女子正推着磨，笸箩里是金黄的玉米面。纪庄问那女子是谁，她说是她爹让她来跟纪庄过日子的，纪庄问他爹去哪儿了，女子说，修行去了。村里人见到纪庄家有了磨盘碌子，都来求纪庄帮忙做碌子，从此纪庄就照葫芦画瓢，用磨石口山上采的大石头做碌子，后来他成了这一带做碌子的石匠。

做石匠，就得到山上采石头，一天，纪庄突然发现山上多了一个石像，他怕石像被风吹雨淋，就挖了个洞把石像放进去，还给石像凿了个石床。可是说也奇怪，这石像今天被纪庄放进洞里，明天又会到石佛洞外，每次去，石佛都比前一次雕刻得更精细。最后纪庄也就不再往石洞里放了，可是一到刮风下雨，他就惦记着石佛，跑到山上给石佛罩遮雨的草席，每次来，石佛都不在，却看到一个老头在山上挖土种树。这事儿他回去跟成了媳妇的女人说了，那女人说，我爹走的时候，给这山起了个名字，叫翠微山，给这村子起了个名字，叫磨石村。后来人们说那山上的石佛是老头修成的，那一山的树也是老头种的。而磨石村，后来慢慢被叫成磨石口了。

讲 述 人：**焕　生**
整 理 人：**杨金凤**

# 八宝仙岛

传说八宝山很久以前是个仙岛，上面有八宝。岛上有山，山上有一位仙人，他住在一间金屋子里，屋里有金床、金碗，院里有金驴、金鹿、金铲、金簸箕。金驴耕地，金鹿磨面，仙人用金铲种地，每年还要收获一些特大的金豆。

有一天，仙人正独自静坐，蓬莱仙岛的一个童子送来一封邀他去游玩的帖子。接到帖子，他立刻把金驴赶到屋里，收割了成熟的金豆，一切料理好了，他才驾起祥云和童子一道前往蓬莱仙岛。行到大海上空，匆忙中，金屋子的金钥匙从他那宽大的袍袖间掉了下来。

金钥匙掉进了海里，把龙王府门上的琉璃瓦砸了下来，龙王大怒，念动咒语，让水漫小岛，用泥沙把金房子给封了起来。龙王担心这位仙人回来会报复，就东迁了龙宫，海水也跟着一退千里，露出了广阔的平原和一座座山峰。这样一来，仙人岛也不孤单了。过了很久很久，仙人回来了，怎么也找不到自己住的仙岛了。这时他才发现金钥匙不见了。没办法，仙人只好先去找金钥匙，要不就是找到仙岛和金房子也没用。

不知又过了多少个年头，有人开始在仙岛定居下来。有个姓刘的老汉，在岛上以种黄瓜为生，他种的黄瓜特别大。有一年，黄瓜快熟的时候，来了一位风水先生，他在地边转了几圈，指着一对黄瓜对老汉说："这两条黄瓜你不要卖给别人，等长老了我来买，你要多少钱，我给多少钱。"刘老汉并没有在意，只是留心护理着这对黄瓜。过了没几天，突然又来了一位老道，他目不转睛地盯着这对黄瓜，对刘老汉说："老人家，这对黄瓜我买下了，你开个价吧！"刘老汉海憨厚地说："这对黄瓜早有买主了。"老道说："两条黄瓜能值几个钱，卖给谁不都是一样呀？我多给你些钱，就卖给我吧。"刘老汉见推辞不掉，只好说："那你就拿去吧。"没隔几天，风水先生又来了，他看黄瓜没了，就问

◎ 村民王大叔讲述传说 ◎

老汉，老汉只好把前几天发生的事情详细地叙说了一遍，风水先生听了，失望地摇头说："那两条黄瓜是仙人丢下的开这宝山的金钥匙，你把金钥匙卖给了别人，这山上的宝贝再也无出头之日了。"从那以后，仙岛上的八宝被埋在山里，再也没有人取出来过。不过这八宝山的名字却流传下来了。

讲 述 人：**王高代**

整 理 人：**董永山**

# 十二
## 十八蹬

在永定河流经北京最险要的地方，有一处十八蹬，十八蹬是永定河河坝上的十八级台阶。这十八级台阶是干吗的呢？

◎ 永定河石景山段石堰 ◎

相传，有一年永定河发大水，差点淹了北京城，皇上就派人来修筑河堤，还下令一定要修成铜帮铁底，不能再让河水冲毁堤坝。结果这个治水的官没大本事，河堤没修好，还花了皇帝给的大把的银子，洪水一来，照样冲毁大堤，皇城的安全受到威胁。这时皇帝急了，就张榜，说谁有本事把石景山下的永定河修成铜帮铁底，就奖赏谁大笔银两。

永定河边上的磨石口村有个石匠，叫石神，石神是大伙儿给他起的外号，因为他的石匠手艺特别好，过去磨石口曾经流传着"法海寺的木工，承恩寺的地宫，田义墓的石工"的说法，意思是这三个地方工艺精湛，别处没法儿比。据说田义墓里好多精美的石刻就是石神的手艺。村里人见了皇榜，都去告诉石神，石神说，我可没那本事，够吃够喝就行了，别招惹官家。恰巧这时候有人给他说了个媳妇，媳妇家要一大笔彩礼，石神想，自己这手艺，不愁以后娶不到媳妇，就把提亲的打发走了。

哪知这天晚上，石神从山里采石头回来，脚下一滑，摔进了深沟，一个打猎的小伙子救了他。石神脚伤了，一时下不了山，就住在了小伙子家，可自打他进了小伙子家，就没见过一个男人，都是一个大姑娘照顾他，石神就纳闷，问姑娘你丈夫呢？姑娘说她还没出嫁呢。石神又问，那背我回来的那个男人是谁，只见这姑娘抿嘴一笑说，是我。石神问，你是女扮男装？姑娘说，在这荒山老林里，我一个人只能这样，我爹前一阵才过世，我们是从口外逃荒来到这边的。

石神脚好了一点，就下了山。哪知上次给他提亲的又来了，还替他揭了皇榜，就想让石神把活干了，得了赏钱，娶他们家闺女。揭皇榜可不是小事儿啊，石神是去也得去，不去也得去了。他只好召集四村八邻的人去修永定河。可他只是个石匠，哪儿有修河道的本事，只能硬着头皮干。皇帝下死命令，汛期之前把铜帮铁底修好。石神愁得实在没办法了，就趁着一天夜里逃走，哪知没跑出二里地，就叫一个人给抓住了，正是在山上救过他的那个姑娘。姑娘从怀里掏出来一块白布，布上画着永定河的图，还有许多标志，比如在哪儿筑桩子，在哪儿修河堤，石头垒多高，多厚……说得详详细细。石神也没别的办法，说就按这个图说的修吧，结果，还真就修成了铜帮铁底。最关键的是在永定河高堤上修了十八蹬石条，石头是他从西山上选的最好的石头，这十八级石头台阶就是用来察看水势的，大水到了十八蹬的第几蹬，下游就开多少闸口，结果这招管用了。

皇帝见石神修成了铜帮铁底，还发明了十八蹬，也没食言，给了石神一大笔银两。当初揭皇榜的那家，带着闺女就来找石神，说皇榜是我们揭的，闺女你得娶，石神说你们不就冲着钱来的吗？钱给你们，闺女你们也领走。石神跟着救过他的姑娘上了山，两人就到西山隐居起来，过起了和和美美的生活，据说西山很多精美的石刻和石雕，都是石神的手艺。

搜集整理：**杨金凤**

# 牛魔王葬身卧牛山

磨石口西边有一座卧牛山，传说卧牛山的来历与孙悟空有关。

唐僧从西天取经回来，唐太宗李世民十分高兴，下诏在洛阳给唐僧建白马寺，在寺还没建好的这段时间里，唐僧决定北游燕山。师徒四人渡过黄河，进入太行山，走了九九八十一天到了永定河畔，从河西向东眺望，发现目光所及之处一片汪洋。

他们来到一座古庙，庙里只有一位老和尚，和尚满脸愁容地说："这地方原来也是山清水秀的，谁知前年来了一个牛魔王，无恶不作，还专吃小孩，所以住在这里的人全都逃走了。"

◎ 卧牛山 ◎

孙悟空一听，暴跳起来："看俺老孙怎么收拾它。"唐僧却很沉静，他把孙悟空叫到跟前，附在孙悟空的耳朵边说了些什么，孙悟空高兴得手舞足蹈。

第二天早晨，师徒四人告别老和尚，来到永定河边，唐僧变成了一位老农，沙僧变成一位艄公，猪八戒和孙悟空变成了一对童男童女。到了河边，孙悟空掐了一叶芦苇往水里一放，芦苇叶就变成了一只小船，他们四人都上了船。

船刚划到河中心，突然狂风四起，只见牛魔王从远处咆哮着直冲他们过来。牛魔王是看见了孙悟空装扮的童男童女才出来的，正好中了唐僧的计。孙悟空立即上前与牛魔王打斗。牛魔王边打边往西跑，一直逃到麻峪村东头，这时孙悟空找准机会，一棒子将牛魔王打死。牛魔王死后，人们不愿看见它的丑样子，用土把它埋了起来，这就是麻峪村现在的卧牛山。

搜集整理：李成志

# 第三章

# 名胜古迹传说

## 金章宗与双泉寺

　　北京西山风景美好，山多，泉水多，水质也好。传说金章宗特别喜欢游山玩水，每次来游玩，只要看见有好泉水的地方，他就命大臣在这地方建个寺庙，一来二去，他在京西泉水甘甜充沛的地方敕建了八座寺庙，老百姓称为"八大水院"。离磨石口不远的翠微山里就有一个水院，叫双泉寺。当地老百姓都说，双泉寺这个传说不是胡乱说的，那是有记载的，"都城之西四十里许，有寺名双泉，有山名翠微，泉山幽

◎ 双泉寺 ◎

胜，甲于他山。金章宗明昌五年，诣其寺潜暑。寺有双泉，因而得名，即建祈福宝塔于寺北"。后来这寺重新修过，《重修翠微山双泉寺记》就这么写着："双泉山旧有香盘寺，明成化间建二碑尚屹立庙址，久圮。双泉在其左。"

这双泉寺是怎么来的呢？传说金章宗喜欢画画，为了找如画的美景，踏遍西山。一次他来到翠微山，看到这荒野天泉被青翠的林木围绕，就在这里建了寺庙，此后每年到这里画山水。也有传说，因为金章宗不善朝政，一心舞文弄墨，加上他的几个儿子也一个接着一个地死了，所以他心灰意冷，就在远离皇城的地方修建了双泉寺，还在双泉寺建了座祈福宝塔。双泉寺修好以后，金章宗就来这里避暑，三面环山，状如太师椅，传说金章宗每次去双泉寺都要在磨石口村歇脚，村里有个铁匠，还给金章宗护卫骑的马钉过马掌。

讲 述 人：曹玉兴

整 理 人：杨金凤

# 龙泉寺

　　法海寺是明英宗朱祁镇的近侍太监李童为报皇恩，动用千百个能工巧匠而修建的。

　　传说李童建寺之前，曾梦见一白须老人指点京西有处福地可以建寺。李童派人去寻。果然在京西磨石口蟠龙山腰找到一处地方峰峦环抱，松柏参天，竟与梦中白须老人指点的一丝不差。李童甚是欣喜，遂命专门为皇家建筑宫殿的工部营缮所在此破土动工。

　　李童将营缮所送来的图样，都翻了个遍，竟无一中意，甚为焦虑。一天夜深人静，忽听远处隐隐似有琴声，那声音叮咚作响，像是山涧的水声。他披衣起身，顺着声音寻去，只见从怪石嶙峋的山涧中，涌出一股清泉，石壁上凿刻"龙泉"二字。那山泉流入碧池之中，池面上映出一座辉煌的古刹，门额为"龙泉寺"。他信步走进寺中，只见庭院幽深，回廊曲径，芳草嘉树，青翠欲滴。正流连在这如画的仙境之中，忽然，从潭水里跳出一个青脸绿发双角的妖怪，向李童大吼道："什么人，胆敢闯入我的神宫宝殿，赶快给我滚开，不然我要将你化成粉末儿！"那李童并不畏惧，用手指着妖怪说："吾乃当朝天子的近侍，奉旨在这里兴修法海寺。你是何方妖孽，胆敢前来冒犯！"那妖怪一听哈哈大笑，说道："我乃东海双角真龙，想要在我的宝地动土，先叫你尝尝厉害！"原来那双角妖怪是东海龙宫太子，因作恶多端，被玉帝锁在龙潭500多年了。不料那锁链年深日久，渐渐锈烂，致使恶龙脱链而出。双角恶龙恶习不改，乘机兴风作浪，把进香的百姓吞噬。李童早年曾拜祖渊为师，颇有神通，不把妖龙放在眼中。这妖龙见状大怒，张开血盆大口，吐出一团浓浓的黑雾，罩住整个山谷。这团黑雾铺天盖地，惊动了南海的观音大士及二十天神从天而降。妖龙见观音及二十天神降临眼前，不由得心虚胆战。观音手执杨柳枝，向妖龙身上一扫，叫声：

◎ 法海寺 ◎

"去！"那妖龙蹿入龙泉。李童一见，心中大喜，连忙叩头致谢，头碰到桌案，顿时惊醒，原来是南柯一梦。李童按梦中龙泉古寺图景，指点能工巧匠修建法海寺。从正统四年到正统八年（1439—1443年），历时五年，修成了一座规模宏大的寺院。

李童又动用宫廷画师高手，在大雄宝殿将观音及天神绘成精美图画，留于后人。如今法海寺的壁画虽已有500多年的历史，但依旧千姿百态，光彩鲜艳，令人赞叹不已。

讲 述 人：孙培元　田　飞
整 理 人：杨金凤

# 磨石口画匠

相传，明代有个皇帝每天夜里都会梦见各种各样的菩萨、仙女，天龙八部，仙草祥云，在皇宫里飞绕殿庭。每天一早起来，他就把梦里遇到了什么都记下来，时间长了，画写下厚厚的一大本。有一天，一个太监在皇帝屋里看见了那本画册，知道了皇帝的心思，就按照皇帝梦里遇到的样子找那仙境。要建一处宏伟、庄严的殿阁，还要把皇帝梦里梦到的各种佛像画下来。

这太监终于找到了一处仙境之地，为了表达对皇帝的忠诚，他就拿出自己所有的积蓄建筑一处寺庙，以在寺庙里把皇帝梦中的佛国景象画在墙上，建寺庙的钱是够了，画壁画的钱还差不少，这太监就募集银两。皇帝知道后，就拨给他三十瓮银子，说不够你再来拿。结果银子还剩下很多，剩下的银子是因为那些画画的工匠们自愿画的，不收一文工钱。太监一看还剩下一些钱，就又在寺里铸了一口钟。

画壁画的时候，有几个画师突然病倒了，眼瞧着就到皇上来看的时间了，这时候突然来了个年轻人。传说这年轻人就住在磨石口村，

◎ 法海寺壁画（一）◎

他每天上翠微山砍柴，累了，就用树枝子在地上画仙女飞天，嘴里还不停唠叨，什么是他画的仙女真能飞起来。一天，他又在画飞天，跟前来了一位银须白发的老翁，撂下一叠纸和一支笔就走了，说等到一千天的时候，纸上的仙女就能乘着祥云飞起来了。老翁说完便飘然而去。

从此，年轻人每天砍完柴就在现在的法海寺前边的一块空地上画仙女祥云灵芝草，哪知他刚画了一百天，就觉得有些恍惚，恍惚中，只见那些画纸轻轻飘了起

◎ 法海寺壁画（二）◎

来，飘出屋子，直飘到寺庙的大殿里去了，年轻人赶紧追，等他追进大殿一看，他画的那些仙女、小桥流水、仙草奇花都粘在墙壁上。本来画师病了，太监怕完不了工，这下好了，太监就把年轻人留下，一起画画。

法海寺壁画传说是宫廷画师画的，也有磨石口村民的功劳，这村民祖上是宫廷里的画匠。

搜集整理：**杨金凤**

# 断趾的文官

石景山区磨石口中街西，原有一座庙，叫"显德寺"。寺中有两尊石像，一个文官，一个武官。

传说，过去庄户人家的妇女、姑娘们，常常路过这文、武石像，背着菜筐到寺里烧香、拜佛，顺便路上拔草、掐菜。

一天，一群姑娘去掐菜，又走到这两尊石像前。忽然，从空中传来一个老翁的声音："谁能把菜筐套在石像的脖子上，谁以后就是有福之人，石像就能成为她的'官人'"。

听了老翁的话，姑娘们你看看我，我望望你，看看石像，又看看菜筐，蜂拥而上，争先恐后地把自己的菜筐伸向文官、武官的脖子、头顶。

◎ 石人，文官 ◎

可是石像太高了，而姑娘们连蹦带跳，没一个能把筐挂石像脖子上的。终于，一个姑娘的菜筐真的套在了文官的脖子上。可是文官是石头的，他怎么可能成为姑娘的"官人"呢？

不料，新鲜事儿又出来了，那个姑娘竟然怀了孕，不久，还生下了一个男孩，长到两三岁，看上去，简直就是一个"小文官"，和石像文官长得一模一样。

当地的光棍们知道了之后，颇为生气和忌妒。不知在哪天夜里，把石像文官的脚趾全砸断了。因此至今，显德寺中的文官石像的脚趾，仍然全是断着的。

讲 述 人：**李万忠**
整 理 人：**刘亚芹**

## 神秘的承恩寺

在磨石口村的东边路北，有一座古寺，叫承恩寺，它跟其他寺庙建筑格局可不一样。怎么不一样呢，是因为这个寺里有四座石砌的碉楼，碉楼内有可以直通瞭望台的楼梯，瞭望台四周种着参天大树，把碉楼掩映起来，碉楼上有瞭望孔，寺门冲着从阜成门过来的驼铃古道，寺后边紧挨着山，寺不但有自身的围墙，还紧挨着磨石口村从村子蜿蜒到山上的古城墙。村民传说，寺内还有地宫和地道与碉楼相通。

◎ 承恩寺 ◎

传说宋朝杨六郎带着一队宋兵前去与辽兵作战，战前选定了翠微山下的一块平地安营扎寨、操练兵马。由于缺少粮食供给，队伍操练得又苦又艰难。杨六郎的练兵场就是现在承恩寺后边的练武场，正在大家加紧练兵的时候，从金顶山上来了一名辽军的信使，原来是辽军派人下战书来了。杨六郎连夜带领士兵修筑工事，第二天拂晓，辽兵就浩浩荡荡地朝杨六郎的军队包围过来，而杨六郎带的这批新兵人数只有辽军的1/60。杨六郎镇定地布好战阵，等待辽军的进攻。

辽军首领突然发现昨天这里还是一片平地，现在突然变成了一座壁垒森严的碉堡，四周的碉楼拔地而起，冒出了十几米高的石头墙。辽军的首领这下傻了眼，他想这里面一定有埋伏，急忙发令撤兵，从此杨六郎的军队在此镇守着京西通往塞外的要道。

这个传说将杨六郎神化了，但承恩寺的确是个很有特色的庙宇。相传承恩寺为明代著名太监刘瑾所建，原因是他不满足"九千岁"之称，建承恩寺就是为了给自己建练兵造反的大本营。虽然这种说法没有根据，但承恩寺的军事用途是显而易见的。寺内布局严谨，由山门殿、天王殿、大雄宝殿、法堂等主要殿堂组成。寺内还有三座山门，汉白玉券门上悬着一块巨大的石额，上有"敕赐承恩禅寺"六个大字。山门以北为三间天王殿，殿的左右各有倒转角房三间，还有钟楼和鼓楼。寺内有壁画，壁画上画有龙，还有放生图。民间传说，过去皇帝经常来京西放生，到永定河放生鱼，到翠微山放生鸟。

搜集整理：**杨　木**

# 承恩寺前下马石

◎ 承恩寺上、下马石 ◎

承恩寺历史悠久，相传早在唐武德年间这寺庙就有了。在承恩寺山门殿两侧十几米处有下马石和上马石，这在北京的庙宇中是比较少见的。

传说清雍正年间，承恩寺内有位德高望重的高僧，法名元空。他出身贫寒，九岁时，因为家里穷得连肚子都填不饱，父母只好把他送到寺院里。元空在寺院里勤学苦练，练就了一身好武艺，他深知穷苦人的日子不好过，总是尽其所能帮助穷人，在京西一带很有名气。

长辛店有个霸道的脚夫头子"斗子李"，只要外地路过长辛店的脚夫，都要给他交份儿钱，不然就拳打脚踢。"斗子李"的手底下还豢养了一群打手，这群打手穷凶极恶，唯命是从，只要"斗子李"一声令下，这帮打手就冲过去，不问青红皂白地乱打一顿。许多穷苦的脚夫都吃过亏。凡是路过长辛店的脚夫，能绕的则绕，不能绕的也就只好向他上贡。

一次，一位家住石景山的老汉，赶着驴车，车上坐着老伴，他们到闺女家串门，闺女刚刚生了一个胖娃娃。老两口乐得嘴都合不拢。车上还放着给女儿补养的几十个鸡蛋，催奶的老母鸡在车上"咯咯"地叫着。老夫妇俩边走边聊着，突然听到一声大喝，老汉吓得一哆嗦，缓过神来一看，只见一伙人拦住他的去路。只见为首的一个上前一步，抓住老汉的袄领子，恶狠狠地说："你这老东西，故意装糊涂是不是？"这个为首的就是"斗子李"。"斗子李"冲后边的人一努嘴，五六个人就是一阵的拳打脚踢，老汉的老伴赶忙下车与这群人理论，一个人一挥手就把老太婆打了一个趔趄，他们把老汉打得昏了过去，扬言："想要人，拿钱来。"

老太婆鼻涕一把泪一把地回到家，家里的儿子得知此信，抄起一把菜刀就要跟"斗子李"拼命，被人拦住，去了也是凶多吉少。家人急得像热锅上的蚂蚁，正在求告无门时，突然想起了承恩寺的元空法师，想他德高望重，于是抱着一线希望来到承恩寺。元空法师听说后很是气愤，马上写了一封亲笔信，让寺里和尚亲自交给"斗子李"。"斗子李"一看是元空法师的书信，便立即把老汉给放了。

后来，元空法师的名声越来越大，威信越来越高，雍正皇帝得知后，按三品俸禄供他资用，并在承恩寺左右半里处立了下马石、上马石，凡三品以下官员以及平民百姓，到此必须下马步行，以表示对元空法师的敬重。也有传说，承恩寺的上马石和下马石是给到寺里的有权势的太监用的。也有其他的传说，说一次皇帝到永定河视察，他打扮成了一个老百姓，骑着一匹高头大马经过磨石口的时候，到承恩寺里歇脚，差点从马上摔下来，于是随行的太监赶紧让寺里的人叫来磨石口的石匠，做成了上马石和下马石。

搜集整理：**王春梅　杨金凤**

# "仙人"捉妖

磨石口北边山里头，传说过去有个黑龙潭，潭深千丈，据说是混沌时期留下来的，深潭里镇着一个妖怪。恶龙看上了这个地方，就变成一个仙人，来到磨石口村，跟村里人说，深潭里有妖怪，说不定什么时候就会出来祸害人，他有办法把妖怪的法力破了，从此磨石口附近的人就不用担惊受怕妖怪出潭了。老百姓一听，有道理呀，祖辈都提心吊胆怕妖怪出潭，既然能把妖孽彻底除掉，往后儿孙们就不用害怕了。

人们按照"仙人"所说，引来浑河水灌进深潭，深潭的妖怪怕水，只要在水里泡七七四十九天就会被破法力，等到了四十九天的深夜，很多大胆的人就到深潭来看"仙人"捉妖，人们从天一擦黑一直等到三更天，真就看见一个巨大的蝙蝠精从深潭飞出，摇摇晃晃往后飞去，没飞多远就掉到浑河里让大水冲走了。

没人知道，这恶龙刚在桑干河被金龙给打败，逃到这里来找安身之处的，看上了深潭，就骗人帮他收拾了蝙蝠精。恶龙不敢自己到浑河

◎ 旧时永定河 ◎

吸水，怕金龙收拾他，就装成仙人让村里人往深潭灌水。恶龙占领了深潭后，成天地兴风作浪，殃及百姓，老百姓拿它没办法，谁让自己不辨恶人助纣为虐的呢，个个都不好意思去求人。磨石口村有个十几岁的孩子，不听大人劝，去庙里上香，白天夜里香火不断，十天十夜不睡觉。玉皇大帝在天上看见京西山上香烟缭绕，一打听才知道是个小孩要解救全村人。玉皇大帝就召来哪吒，说："你今日奉我之命，前去惩治恶龙。到了那里，先让那小孩子回家睡觉。"哪吒遵命下凡，途中遇到了八仙，八仙说，这点小事儿，我们就办了。于是八仙自告奋勇来治恶龙。

八仙来到寒潭上叫阵，几天几夜，恶龙不理不睬，恶龙心想：就这几个人，瘸的瘸，老的老，还有个乳臭未干的娃娃，你们连毛驴都不会骑，还敢来跟我叫阵？

八仙正趴在深潭口往下叫阵呢，突然一阵飓风从洞口冲出来，这是恶龙吹了口气，顿时地动山摇。张果老有点站不住，吕洞宾一把拽住，要不然，张果老准掉进深潭。还没等恶龙吹第二口气，八个人就已经立稳了脚跟，吕洞宾用剑直刺潭底，汉钟离扇了扇宝扇，韩湘子吹了一下箫，恶龙在深潭里头待不住了，飞出了深潭，往太行山逃，铁拐李眼疾手快地把他的葫芦一抖，恶龙就被收进葫芦里了。恶龙被制伏了，老百姓从此过上了安生的日子。

在寺里一直烧香的那个孩子，听说恶龙被制住了，一下子就昏过去了，他太累太饿了。玉皇大帝看见孩子昏过去了，就放眼在地上找哪吒，哪知哪吒把治龙的活儿交给了八仙，自己跑到翠微山玩去了，玉皇大帝一生气，拍了哪吒一巴掌，这一巴掌把哪吒眼泪都拍出来了。两滴眼泪掉在翠微山上，就成了后来的双泉。

搜集整理：**杨金凤**

# 八

## 葛大和关帝庙

关帝庙很多村子都有，但像磨石口村一个小村子就有三座关帝庙的不多。

磨石口的三个关帝庙是怎么来的呢？老人们说，一年秋天，一队骆驼从磨石口过，赶骆驼的叫葛大，30多岁，身强力壮，十几头骆驼背上的屉里装的全是山梨，这批货是要送到前门铺子的。葛大进磨石口的时候，招来一街的人看热闹，为什么呢？只见一头骆驼背上什么也没驮，而葛大用木头棍子挑着装满山梨的屉。葛大进了村就找医生，说是骆驼病了。

天已经黑了，葛大只得住在村里一户姓王的人家。有人来给病骆驼看过，兽医要钱的时候，葛大翻遍了随身的东西，也没找到半个铜子儿。葛大跟王大哥和兽医说等把山货送到地方，拿了拉脚的钱就送过来。王大哥的媳妇不放心，说你走也行，把这头病骆驼先抵在我家。

葛大起身要走，王大哥发现葛大也发着烧呢，就给他煮了碗面，留他住下。第二天一清早，葛大起身赶路，病骆驼就抵在了王大哥家。他赶着骆驼往村东走，快到村口，看见兽医站在路当中，葛大自知理亏，欠着人家给骆驼医病的钱，一个劲儿说好话，哪知兽医递给葛大一包药，说是葛大烧还没退，拿上吃了。

等葛大从城里交了货回来，不但还了王家的店钱，给了兽医的药钱，另给带了些礼物。就这样，葛大再到张家口等地拉货，一定要住到磨石口来。

天有不测风云，兽医有一次给一个过路人的马看病，没看好，马死了。过路人硬说是兽医治死的，逼着兽医赔马。兽医就是个村里看病的，哪儿去弄匹高头大马赔人家呀？兽医就跟王大哥说了，王大哥见多识广，看出来这是个圈套，过路人就是来坑人的。

◎ 旧时村落 ◎

　　说来也巧，葛大上内蒙古拉货，半路上捡了匹马，他乐坏了，想用这马换匹骆驼，自己干，不跟别人当拉脚的帮工了。到了磨石口，听说了兽医的事儿，葛大掂量了半天，还是把马给了兽医去赔人家。

　　谁知这过路的不是个善主儿，说葛大偷马，王大哥窝赃葛大偷来的马，兽医是幕后主使，混蛋官府把三个人都抓了，最后还是王大哥当掉了店，用钱把事儿了的。

　　葛大、兽医、王大哥三个人成了患难之交，出狱后结为异姓金兰，虽然生不同姓，居不同里，但要生死与共，也就是学刘、关、张"不求同年同月同日生，但求同年同月同日死"的桃园结义，拿什么做凭证呢？三个人同时发誓，在磨石口村建个关帝庙，一是表明心愿，二是求关公保佑，磨石口村的商人们别再遇上倒霉事儿。

　　多年后，三个人都有了大出息，各自挣了一大笔钱，于是一商量，说干脆咱们一人建一座关帝庙得了，于是磨石口一下子冒出三座关帝庙。

搜集整理：**杨金凤**

# 碑儿上和苏武庙

　　石景山区磨石口村东下坡处，过去有座李陵碑，民间都叫"碑儿上"，这里是古代幽州沟通西北的交通要道。早年，此地有一眼水井，酒店数家，客旅多到此饮酒用饭休息，然后登程过磨石口，取道西行。当地老人们说，李陵碑为青石材，四方座，有传说以前碑阳有阴刻大字隶书，碑阴刻有5厘米见方的楷体字；也有的村民说字迹难辨。在李陵碑的南面为一间石砌墙小房，内供苏武牧羊塑像，人称苏武庙。苏武，西汉杜陵，也就是现今的西安市东南人，天汉元年（公元前100年）为中郎将，奉命出使匈奴被扣留，单于诱降，他严词拒绝，被幽禁于大窑之中，饮雪食毡而不死。后又被迁至北海，即现在的贝加尔湖去牧羊，掘野鼠和野草为食。

◎ 磨石口村东碑儿上遗址 ◎

李陵是西汉陇西成纪，今甘肃寿安人。武帝命其率五千步卒赴浚稽山与匈奴交战，矢尽援绝降匈奴。匈奴单于以女妻之。李陵听说苏武被单于拘在北海牧羊，便去看望劝降，说："人生如朝露，何必自苦如此！"苏武答道："武父子亡（古意无）功德，皆为陛下成就，位列将、爵通侯，兄弟亲近常愿肝脑涂地。今得杀身自效，虽蒙斧钺汤镬，诚甘乐之。""王必欲降武，请毕今日之欢，效死于前！"李陵听后叹息道："嗟乎义士！陵与卫律之罪，上通于天。"哭泣着告别了苏武。兵临幽州城西，直取幽州。后来匈奴与汉朝和亲。汉使者至匈奴，言汉天子在上林苑打猎，得一雁，其足缚有帛书，言苏武在泽中牧羊。单于大惊，承认苏武未死，遂发归汉。李陵为之饯行，自责道："径万里兮度沙漠，为君将兮奋匈奴。路穷绝兮矢刃摧，士众灭兮名已聩，老母已死，虽欲报恩将安归！"言罢与苏武泣别。

　　京西一带另有传说，北宋的时候，宋太宗北伐，一共分了三路大军，其中西路潘美为主帅，杨业为副帅。宋太宗要收复燕云十六州，杨业所在的西路一连攻克了云、应、寰、朔四州，中路在飞狐北击败辽援军后，一举攻克了蔚州。可是由于东路急功冒进，被辽军打得大败，辽军以东线兵力增援西线和中线，由此牵动了整个战局。此时，潘美、杨业在夺取四州后，正率部护送四州民众内迁，岂料途中遭遇辽兵主力，潘美指挥失误，强令杨业出战。杨业率部血战陈家谷，援军迟迟不至，所部伤亡大半，其子杨延玉战死，杨业被俘，叹道："朝廷待我不薄，本当讨敌安边，以报国家，不料被奸臣所逼，致使王师败绩，我还有什么脸面活着！"随后殉国。

　　杨业并非如传说中撞死在李陵碑上，而是拒绝进食，三天后活活饿死的。不管传说怎样，李陵碑之说与苏武忠贞守节、不辱使命的故事，则成为当地老人们茶余饭后的佳话。

搜集整理： 关续文 杨金凤

# 老君庙

　　磨石口南边有个京西古镇叫北辛安镇，磨石口村过去的大户薛家，拥有北辛安镇半条街的房产。北辛安大街西头，曾有一座砖石结构的拱形门洞，门洞上建有一座精巧的小庙，庙内供奉着太上老君塑像。提起为什么建筑此庙，还有着一段颇有趣味的故事。

　　北辛安镇地处石景山东麓，地势比较高。过去永定河水泛滥，破堤东流，造成沿岸地区一片汪洋。而北辛安镇却如鱼浮水，显露水面，故此每免水害。人们说，北辛安镇是一条鱼，街西头的石塘是鱼嘴，南北胡同是鱼翅，东头的两岔是鱼尾，真是个风水宝地。

　　然而1919年，北洋军阀政府在石景山前购地兴建龙烟铁矿公司，竖起了一座日产250吨的炼铁炉。村民们得知后惊恐万分，有的说："在北辛安这条鱼旁建八封炼铁炉，岂不是炉火相煎，破坏镇子的福气？"有的说："炉火把鱼烤死，会给镇民带来灾难。"最后一致决定由镇民

◎ 首钢（前身为龙烟铁矿股份公司石景山炼铁厂）◎

集资，村长承办，在北辛安镇西头，今北辛安新华书店门外略西处的门楼上建一座太上老君庙。

1943年秋扩建厂时，老君庙被拆除了。

讲 述 人：关续文

整 理 人：**杨金凤**

# 龙泉寺药碾

　　人们都说，炎帝和黄帝是中华民族的人文之始祖。传说，炎帝是姜姓部落的首领，是传授农耕、渔猎、蚕桑、衣帛、制陶、熟食的文明之神，又是集市交易、制作五音琴瑟的文化之神，那么炎帝跟磨石口龙泉寺的药碾有什么关系呢?

◎ 龙泉寺药碾碑拓片 ◎

　　相传，在涿鹿之战的时候，由于兵将伤亡严重，附近山上的草药都被采光了，炎帝就沿着桑干河往下游寻找草药。他一路寻找草药，采集、制药，一路给老百姓看病，让百姓脱离饥寒病苦。一天，炎帝走到蟠龙山上，累了，就到村里找水喝，发现了龙泉，一眼就看出这泉水的药力，随即就住下来，采集了西山的各种药材，在此制药，再令兵将运回涿鹿。炎帝走后，一个云游四方的和尚听村民说了此事，就在此住下，让磨石口村的人在山上开采石头，做成了药碾，还立了个石碑。

一年冬天，有个皇帝出了京城到西山打猎，从马上摔下来了，太监们一看，摔得太厉害了，怕送宫里耽误了，随队的御医又力不从心。太监和官兵就到山下磨石口村找能看摔伤的郎中，大伙儿一听是给皇上看病，都不敢去。龙泉寺的和尚思量了一阵，就跟太监上了山。

没多久，皇宫里大队人马到龙泉寺，把那和尚请到宫里，说是上次给皇上看好了摔伤，这次让他进宫给娘娘看病。村里人都劝阻和尚别去，和尚也不多说，取了些草药就跟官人进了紫禁城。过了几天，和尚回来了，大家都问他娘娘的病治得怎么样，和尚还是不语，回屋给病人看病去了。

不久村里来了个说书的，说磨石口的和尚是神医，一针他治好了娘娘的病，两针治好一条龙；再看着龙泉寺里，一边搁着个轧药碾，一边供着铡药刀。京西一带，连皇城里的人都来求老和尚医病。也有传说，不是老和尚的医术高，是龙泉寺的那个药碾神奇，只要经过药碾碾过的药，能治百病。

搜集整理：**杨金凤**

# 法海寺和尚不看病

非物质文化遗产丛书

Intangible Cultural Heritage Series

古道磨石口传说

法海寺从前有个老和尚，活了100多岁。这老和尚开始在潭柘寺出家，后来到了法海寺来当住持，听说这老和尚是半路出家的。

别看这是个半路出家的和尚，名气可不小，为什么呢？因为他有治病的本事，京西一带的人都来找他看病。不过，磨石口村老人都说："法海寺和尚有点怪，只开方子不看病。"这是怎么回事儿呢？

传说，这老和尚是专门治妇女病的，妇女们得了各种疑难杂症，都找他去瞧。常言道，郎中瞧病，望、闻、问、切。望，就是看病人的气色；闻，就是闻病人的气息和嗅气味；问，就是询问病人有什么症状；切，就是要摸脉象。统称为"四诊"。但法海寺的老和尚把"四诊"改成了"三诊"，他只"望、闻、问"，不"切"。这是因为和尚不能和妇女的肌肤接触，自然就不能用手给妇女切脉了。到了后来，老和尚医术更厉害了，他给妇女看病的时候，他在门口里头，妇女在门口外头，中间隔着一个布帘子，他靠"闻"和"问"就能给人开药方子。老辈人

◎ 张新荣讲述磨石口传说 ◎

说，法海寺老和尚出家前是个郎中，因为有一回给大户人家看病，那病人死了，赖到他的身上，官府抓他，他就出家了。出家后，看到黎民百姓有病没钱医，就又开始了给人看病，只因为出家人不能跟妇女有过密的接触，就有了"法海寺和尚不看病"的说头。

讲 述 人：梁永安　刘光泰
整 理 人：杨金凤

# 刘木匠

Intangible Cultural Heritage Series

非物质文化遗产丛书

古道磨石口传说

　　磨石口的人过去都是靠手艺吃饭，石匠、木匠、铁匠、糊棚匠，各式各样的手艺人都有。其中有个木匠，木工活做得让十里八村的人叫绝，连皇帝都知道了，所以在建承恩寺的时候，刘木匠就被招去建寺。为什么要在这儿建承恩寺呢，据说皇帝相中了蟠龙山这山名，想着一个人在皇宫里掌管天下，总得有个歇心的地方，蟠龙山这地方有山有水有甜泉，不如就在这儿吧，还离皇宫不远。皇帝来散心，得有歇脚的地方啊，正好当朝大太监想讨皇帝欢心，就赶紧下令找人来给皇上修歇脚房子，那太监早听说刘木匠手艺好，皇帝一听也高兴，点头认可了。刘木匠被皇帝点名修承恩寺，既惶恐又害怕，说着好听，是光宗耀祖，可是万一哪儿不合皇帝心思，那是死罪啊。

　　刘木匠心地善良，为人正直，所以很多磨石口村的人都来帮他拿主意。后来，刘木匠来到了承恩寺修建的地方。在此之前，承恩寺这地方是一大块山下的河滩，从蟠龙山上流下来的水正从这块地方经过，又是

◎ 磨石口村驼铃古道上的承恩寺 ◎

夏天，雨像是成心作对似的，下个不停，连地基都没办法打，这可把刘木匠和一帮工匠们急坏了，皇帝那儿是有期限的，误了交工的时辰可咋办呢。刘木匠的娘看儿子开工不顺，每天把家里仅有的一点口粮带上，到蟠龙山的庙里上贡、烧香，没想到雨下了20多天真就停了，可雨停了也没用啊，这几里的洼地，没法儿在上面盖房子啊。

刘木匠只能叫上村里的人都来填坑，有背的，有抬的，连七八十的老太太和七八岁的孩子都来帮忙运土填水坑。刘木匠看了，流下了眼泪，每天夜里他都对着蟠龙山说："蟠龙山啊蟠龙山，你若是真龙就帮我们一把，等庙修好了，全村的人都给你烧香。你若是座土山，你就倒点土填上这坑。要是完不了工，皇帝要杀头啊。"

每天，刘木匠就这么念叨着睡在水坑边上。这天，天刚蒙蒙亮他就起来干活，这时候，从蟠龙山上下来一个老人，见刘木匠一身泥水，拼命从山上担土，就说："你这样什么时候能填满这泥水坑啊？给我吧。"刘木匠不肯，说您老也有七八十了吧，胡子都白了，我怎么能让您干活呢？过路的老头伸出两个手指头，把刘木匠身上的挑子夹过来，也不放在肩上，就两根指头挑着，把沉沉的一担土举着走，他边走边说："你不要跟着我，回家去，等半个时辰以后再过来。"刘木匠看这老人很弱，不愿走，怕老人累着。老人生气了，推了刘木匠一把，刘木匠倒退了十几步才定住。他似乎知道了这人是谁，二话没说赶紧转身回家。等过了半个时辰，刘木匠带着一村的人赶到村东头的大洼坑，大伙儿一看，哪儿还有大洼坑啊，村东路北，高出来一个几里地的大平台。刘木匠带着一村的人冲着蟠龙山磕头，他说："您要是真龙，我往后给您建座龙王庙；您要是神仙，我给您建座神仙庙。"后来等承恩寺建成以后，刘木匠按照他娘说的，给蟠龙山的神仙建了座神仙庙，后来老百姓把这庙改成了关帝庙。

搜集整理：**杨金凤**

# 跳墙和尚

京西有座圣母娘娘庙，四周古松环绕，朱墙高耸，几百年来香火一直很盛。虽然是座圣母娘娘庙，庙里的住持却是个和尚。附近的村民把年幼体弱的孩子送到庙里当跳墙和尚，在这座圣母娘娘庙有个跳墙和尚姓温，是这座庙里最后一名"俗家弟子"，也叫"跳墙和尚"。

◎ 庙门 ◎

这姓温的孩子是在1940年2月出生的，父亲是温氏家族的长子，他又是长孙，在家族中也就居于举足轻重的地位。可偏偏在两个姐姐夭折后，这孩子一生下来就昏迷不醒，求医、吃药均不见效。一连几天不睁眼，家里人都急得团团转。在万般无奈的情况下，祖母说抱起孩子到圣母娘娘庙去烧香许愿，许诺孩子病好后就让他去庙里做和尚。

说来也怪，自那日许愿以后，这孩子竟然渐渐恢复了生机。

许愿当和尚，有两种情况：一种是终生遁入佛门为僧，叫作"实和尚"；另一种是待成年后可以还俗，即"俗家弟子"，也叫作"跳墙和尚"。祖母许的愿当属后一种情况。

"跳墙和尚"怎样还俗的呢？这还有个有趣的程序呢！许过愿的孩子，由家长抚养到10岁左右，送到庙里受戒，然后在庙里诵经、打扫佛堂、侍候师父。待到择偶成婚的前一天，家长准备一桌供果，再买一头雄毛驴送到庙里，向圣母祈求还俗。庙里的住持为弟子准备一顿"还俗饭"。傍晚，等到日落西山、繁星满天的时候，还俗弟子吃罢饭撒腿就跑，师父追至墙下，往这个弟子的屁股上打三板子，口中念道"不肖子孙"。然后让这位还俗弟子跳墙而走，不准回头看一眼。第二天还了俗的和尚即可成婚而变成凡夫俗子了。留下的那头毛驴，顺理成章地当了替身，在庙里为神灵和僧人服役。然而在孩子的祖母许过愿后，连年兵荒马乱，圣母娘娘庙也日渐衰落，就连庙里的最后一名住持也无法维持生活（这个和尚姓张，是丰台区吴家村的人），他也被迫跳墙还了俗，每年只有农历四月十五日举行的一次庙会，才回到庙里做一些佛事。平时不得不回家种庄稼，以便养活妻子儿女。自此以后，八宝山圣母娘娘庙的和尚也就渐渐地断了宗。

讲 述 人：温增华
整 理 人：杨金凤

# 拴娃娃

　　每年农历四月十五日是八宝山圣母娘娘庙的庙会日，京西丰台、石景山、门头沟、海淀等地的善男信女们都到庙里烧香祷告。有的为长辈求神祛病，有的求圣母娘娘赐儿赐女。

◎ 九天圣母像 ◎

　　传说，将寺里的泥娃娃带回家里，拴上五彩线，然后再做上一套小衣裤穿上，藏在卧室的炕里面，初一、十五烧香祈祷，就能得子。有些多年不育的妇女，非常巧合地生了儿女，从而四处传颂，使圣母娘娘的威名远扬。那些求子心切的人们，便效仿前人，这样就使拴娃娃的风俗世代流行。

讲　述　人：温增华

整　理　人：杨金凤

# 白狐报恩

民间有这样的说法："承恩寺的地宫好，别的寺庙比不了。不信下雨试试看，暴雨过后能走道。"还有的传说更神奇，说无论下多大的雨，承恩寺都不积水，寺里的和尚下完暴雨就穿着布鞋在院子里走。可这时候街上早就大水没膝盖了。

相传，建承恩寺的时候，宫里来的人四处招工匠，一个南方来的手艺好的人当头目，带着人修承恩寺的下水道，修来修去，下雨的时候承恩寺里还是积水。正好一个流浪的工匠走到磨石口，住在山上的草棚子里，钱花光了，靠吃野菜充饥。这天傍晚，一个猎人从工匠住的棚子经过，肩上扛着猎枪，手里拎着一只白狐，工匠见那白狐身上滴着血，好像还活着，就让猎人把白狐放了，猎人说靠山吃山，靠水吃水，靠一杆猎枪养活嘴。

◎ 承恩寺内帝王树 ◎

　　工匠追上去非让猎人把白狐放生了。猎人说放生也行，你拿钱来买。工匠身无分文，无可奈何。猎人说你要诚心救这白狐，山下边正修承恩寺呢，到处招能修下水沟的能人，你去试试，要是被招上，你就挣钱来买这白狐。工匠答应了，但要求先把白狐给他，第二天就去承恩寺应招。猎人看工匠一再坚持，就先把白狐给了工匠。

　　猎人走后，工匠借着月光采了草药，用嘴嚼碎了糊在白狐的伤处。他把白狐放在自己睡觉的草上，又用泉水给白狐洗干净身上的血。

　　折腾了一阵，已经是半夜了，工匠睡不着，他想明天一早，就去应招，怎么才能选上，想了好多办法都不行，就这样迷迷糊糊睡着了。夜里做了个梦，有高人指点他修下水沟的办法，从哪儿起槽，水往哪儿流，坡度多大，用什么石头砌，一应详细地都给他指点了。

　　第二天一大清早，工匠背上工具就去应试，负责承恩寺修建的那个南方人给他出了很多难题，他都回答上来了，工匠就留在了承恩寺修下水沟。没多久，他就挣够了钱还给了那个猎人。后来，那猎人又来找工匠，说这次打伤了一只老狐狸，要是用这老狐狸皮睡觉，冬天不用褥子不用被。工匠赶忙跟着猎人跑到山上一看，老狐狸比白狐伤得还重，工匠没把握能救活这只老狐狸，站在那儿犹豫。突然他觉得脚下有动静，低头一看，那白狐抓他的裤腿，救命一样抬头望着他，眼睛里流出了眼泪。工匠想，这白狐想必是让我留下老狐狸。

　　工匠接着挣钱，给了猎人狐狸钱。工匠用心医治，老狐狸的伤也慢慢好起来了。这样老狐狸和白狐就留在工匠的草棚子里给他看家，说是看家，其实工匠棚子里什么都没有。一天，工匠从山下下工回来，老远就闻着喷香的饭菜味儿，他纳闷儿，这山上附近也没别人住啊，哪儿来的饭菜香？工匠三步并作两步回到家，一看石台上摆着热乎乎的饭菜，一边的白狐和老狐狸看着他。

　　工匠出了草棚子四处找人，也没找到，就回来把饭菜吃了。第二天，第三天，都有热乎乎的饭菜。工匠奇怪，第四天他假装上工，半路回来，发现一个白衣仙女正做饭呢，他上去一把抓住了白衣仙女的衣服，白衣仙女一下就飞走了。工匠再看看屋里，只剩下老狐狸惊恐地看着他。工匠看没了白狐，就在山上到处找。找了几天也没找到，突然一天，那个老狐狸也不见了。工匠就把自己从白衣仙女身上拽下来的衣服挂在了树上，他冲着天说："不管你是什么仙人，我得罪了，衣服给你挂在这儿，你取走吧。"后来那白衣服果然不见了。

转眼半年过去了，白狐和老狐狸依旧没回来。可工匠天天夜里做梦，梦见有个姑娘告诉他承恩寺的地下水沟怎么修，他白天就按照梦里的指点修筑，后来承恩寺修好了。工匠回到草棚子里，夜深人静的时候，一个人对着大山说着想念白狐和老狐狸的话，说到伤心的地方还哭了起来。第二天早晨，工匠被老狐狸抓醒了，睁眼一看，正是自己救过的老狐狸，老狐狸身边站着一个水灵灵的大姑娘，老狐狸冲着工匠点点头，就走了。

工匠问姑娘从哪儿来，姑娘说，自己就是被他救过的白狐，以前做饭的也是她。她本来和爷爷也就是那只老狐狸打算离开这里的，她自己忘不了工匠，就又回来了，要跟他做夫妻，只是爷爷以后就孤单了。后来工匠用挣的钱在磨石口村里盖了间大房子，和姑娘过起了好日子。承恩寺的下水沟被人们称为地宫，世世代代的人都称承恩寺的地宫修绝了。

搜集整理：**杨金凤**

古道磨石口传说

# 山神庙

从前，要出磨石口村西，必经一个古隘口，这隘口地势险峻，与西山相连为一体，有一夫当关万夫莫开之势，隘口狭长，出隘口往西，路两侧山峰林立，驼铃古道像鸡肠子一样细，宽也就6米多，长200多米。过了古隘口，就是连绵的山路，这古隘口都是石头，不知道经过多少代人凿出来的。

民间传说，古隘口为山神所开，山神为什么在此凿山为路呢？老辈人说，过去磨石口西边的大山里住着一对男女，男的叫山林，女的叫山姑，冬天冷了，他们就砍柴取暖。这年发大水，把山上的树木全都连根拔走了，就剩下光秃秃的山。冬天大雪封山，特别的冷，山林和山姑躲到山洞里还是冷。眼看着两人在山洞里就快冻死了，山姑就把家里仅剩的一点粮食做成窝头，走到山顶上，对着大山说："山神啊山神，保佑我们熬过这大冷的天吧，只要我们活下去，将来给你修座庙，让子子孙孙祭拜你。"山姑说了半天，山神也没出来应她。山姑就一直跪在山顶上叫山神，叫着叫着，连冻带饿就晕过去了。

她躺在山顶上，就看见天上飘下来一团一团的火，她就说："火呀火，你赶紧进山洞去吧，我家的男人山林在洞里快冻死了。"火就是围着她不走，热得她难受，就一下子醒过来了。醒来身上也不那么冷了，她就想刚才的梦，赶紧往山洞跑，跑进山洞一看，满山洞都亮堂堂的，山洞里的石头黑亮亮发着光，山林正把一些黑亮的石头堆放在一块。山姑往石头堆上一靠，那石头就热乎起来。后来山林和山姑就把这些能热的石头送给山里住的其他人，从别人那儿换点粮食或者别的东西。

慢慢地，山里人开始找这种发亮能热的黑石头，因为石头黑，人们就管这石头叫黑煤，从山里采了黑煤往别处和别人换东西。山林和山姑走的地方越来越多，山林在山里开洞挖出黑煤，山姑就背上黑煤去卖，可是每次走到磨石口这个地方，因为翻山越岭，老是晚上赶不回来。

这天，山姑背着煤走到这里天就黑了，就听着山风呼啸，远处狼嚎声越来越近，山姑想这下完了，今天是要喂了狼了。山姑就把背着的煤放下，大声喊："山神爷，出来救救我！"这一喊，真就把狼给吓跑了，山姑回去跟山林说，是山神救了她，要在那地方建座山神庙，保佑所有经过这个地方的人。山林觉得媳妇说得对，就到处联络山里人，在古陉口这地方修了山神庙。山神一看，人们把他这么当回事儿，一高兴打了个喷嚏，一下子把山给劈开了，有了一条能过一个人的山道，后来人们为了走着方便，就把这山崖中间的山道给凿宽了。祖祖辈辈的人，一直供奉山神庙里的山神。农历六月初六，传说是山神日，参加祭祀山神的人们把整猪、羊等祭祀品摆在供桌上，还放鞭炮，给山神上香、磕头，迎接一年一度的山神日，感谢大山带来的恩惠，祈求来年五谷丰登，禽畜兴旺。

◎ 2015年，92岁的磨石口老人曹玉兴（最前）和石景山原文化局副局长吕品生（最后）搜集磨石口传说，现两位均已过世 ◎

搜集整理：**杨金凤**

# 第四章

## 人物传说

# 万蝈（国）来朝

话说清代的时候，皇帝冬天喜欢出门打猎，夏天喜欢到京西来度夏，到京西蟠龙山、石景山等地方观景，夜里就住在京西，听着蝈蝈鸣叫。可是到了冬天，皇帝还要听蝈蝈叫，怎么办呢，太监们就抓了蝈蝈养着，他们要抓几万只，从里头挑选好的。蝈与国同音，大臣、太监们就想借此寓意搞个万蝈（国）来朝。

◎ 西山 ◎

磨石口的金柱逮蝈蝈是一把好手，挑选蝈蝈也有点绝活儿，就被宫里来收蝈蝈的太监责令帮着收蝈蝈，要收五万只养着，到了冬天，有死的，有不好的，都挑出来，精选一万只，给皇帝听。

好几万只蝈蝈，搁哪儿养呢？就是搁在葫芦里，于是磨石口村里有好转脑子的，在村边种了好多葫芦。秋收后，把葫芦加工，给太监们收去养蝈蝈。于是，这磨石口村里的人，除了有从山上开采磨石的本事，还有养蝈蝈、种葫芦的本事。金柱也就是靠着抓蝈蝈发了家。

金柱人缘好，村里人求他的事儿也都帮衬着，他有了难处大伙儿也救急。据说这年大旱，山上草木枯了，蝈蝈抓不够数，眼瞅着到了交货的日子，还差上万只呢，金柱逃也逃不掉，因为太监派了人把守着他们家，就怕有个闪失。太监干吗这么较劲儿呢，因为不知道谁出的馊主意，转年的大年初一要给皇帝来个惊喜，美其名曰"万国来朝"。金柱愁得一夜白了头。村里有个叫金锁的，私底下找来磨石口村里的和附近的几个主事的商量。金锁说："往年咱们都沾过金柱的光，有的卖了葫芦挣了钱，有的卖蝈蝈赚了银子，金柱给咱们开了财路。现在他有难了，咱们不能不帮，大伙儿想想办法吧。"

村里人和附近村得过金柱好处的，甚至是没得过金柱好处的，都帮着想法子。最后决定兵分几路到南方去收蝈蝈。还别说，他们从南方还真就买回来不少蝈蝈，只是南方北方气候不一样，死了不少，不过给金柱救了急。

到了转年的大年初一，工匠们把千挑万选出来的一万只蝈蝈，都摆放整齐，搁在了太和殿里头。等到皇帝来到了太和殿，鼓手们立刻甩开了膀子击鼓，这鼓的热气加上上朝的臣子们身上带的热气混合在一起，太和殿立刻热乎起来，引得蝈蝈立刻叫唤起来，一万个蝈蝈一起叫，那是什么阵势，这"万国来朝"其实就是一万个蝈蝈来到了朝廷，皇帝可是乐坏了。

皇帝听着听着皱起了眉头，说蝈蝈叫的声儿不一样，有粗的有细的，是啊，怎么能一样啊，有南方的，有北方的。只听这南方的蝈蝈音色缠绵，这北方的蝈蝈粗犷豪放。两方摽着劲儿，此起彼伏，南方的蝈蝈叫的时候，北方的蝈蝈不叫不配合；北方的蝈蝈叫的时候，南方的蝈蝈停了不发声儿。这可急坏了太监，一个个急得浑身冒汗，本意是万国来朝，现在乱七八糟，谁也不知道一会儿皇帝会怎么处置。有个小太监，提议

◎ 蝈蝈 ◎

把金柱叫进宫，万一一会儿皇帝问起，把过错都推给金柱，要斩首还是要入大牢都让金柱兜着。

等了几个时辰的金柱终于看到小太监来通告消息了，以为会得到皇帝奖赏，哪知这小太监一脸怒气，叫上金柱跟他进宫去。

金柱刚进了太和殿，就听皇帝问话："这万国来朝是哪个的主意？"

有太监赶紧上前回话，说是自己的主意，只是这蝈蝈不是自己养的，是有专门的工匠养着。

皇帝让把工匠头找来。

小太监一把把金锁推到前边，金锁哪儿见过这阵势，更没见过皇上啊，赶紧跪下，跪着往前，一步一磕头地往皇帝的宝座下移动了好几米。

皇帝问金柱，蝈蝈叫声为什么不一样。金柱就把去年大旱，北方凑不齐五万只，于是全村人到南方收来一些。

大太监一听，谏言皇帝以欺君之罪把金锁拉出去斩首。

皇帝摆摆手说："难得你们一片忠心啊，本是万国来朝之意，你们还到南方不少地方收来了这虫，这不正是合了万国的意思吗？去南方的脚钱是哪个出的？"

金柱忙回话："是村里人砸锅卖铁凑的路费。"

皇帝半晌不说话，顿了几分钟后对满朝文武官员说："你们这些人，要有这些百姓的忠心啊，他们就为了这区区的几万只蝈蝈，全村的人齐心效忠，难得啊，难得。"

随后，皇帝命令太监，给了金柱一笔银两，让他回去分发给村民。这年的春节，磨石口村的人过了个喜庆的年，大伙儿都感谢金柱，可金柱说，这都靠了大伙儿的合力帮衬啊。后来有人编了一句顺口溜："蝈蝈上朝，金柱受赏；磨石口人，主意最高。"

搜集整理：**杨金凤**

# 驼铃古道

磨石口村西，有一条通往西边大山里的路，是历史上有名的驼铃古道，这古道从东边磨石口村里一直延伸到西边，但以前这里没有路，相传，这里是蚩尤劈开大山才有了一条路的。

◎ 磨石口古隘口 ◎

蚩尤是个战神，在一次作战中被敌方连环套所伤，兵士也损伤大半，他一边撤退，一边招兵买马，派手下一路在山里找健壮的男人。蚩尤的队伍翻山越岭，粮草已尽，他们一边赶路一边寻找有人烟的村落，走得人马疲惫，又被一座高高的岩石大山拦住了去路，这山就是磨石口西边直冲天际的岩石山。

人马困在这里，后边追兵跟进，战神蚩尤伤得难以站起了，只听得远处山里人马嘶叫，山呼海啸，知道是追兵马上就到了，情急之下，蚩尤挥起战刀，向着山的中间猛劈下去，但山只开了一条胳膊粗的缝，连条马腿都过不去。蚩尤再次挥刀，哪知战刀和岩石相碰火花飞溅，火球冲天，映红了整个西山，蚩尤一跃而起，将火球扑入刚才劈开的山崖缝里，只听轰隆一声炸响，大山炸开一条二丈多宽的山路，抬头往上看，只能看到一线天。

蚩尤劈开一条山路，他的手下抬着他随着队伍过了山口。蚩尤就在这一天险之地安营扎寨，很多人闻知蚩尤的神力，纷纷加入他的队伍。蚩尤劈山开路，留下了磨石口西边驼铃古道，而蚩尤队伍一直往张家口和塞外撤退时留下的路，也就成了后人的驼铃古道。

搜集整理：**杨金凤**

# 满井

传说清朝皇帝顺治，因为爱妃董鄂妃的死，再加上朝中满族权贵的种种阻挠，使他不能实现治国理念，整天郁闷不乐。顺治看破红尘，决定走出皇宫入空门修行。一天，顺治悄悄出宫，来到京西天泰山，拜了师父就削发为僧，每天和师父念经。

这年三月三，观音菩萨去王母娘娘那儿赴蟠桃会，盛会以后，带着随身的善财童子驾祥云路经天泰山，看见下界人声鼎沸，天泰山的寺内香烟缭绕，直冲云霄，挡住了观音菩萨的去路。观音菩萨按落云头，往天泰山寺中一瞅，看见离宫出家的顺治双眉紧皱，愁眉不展。观音菩萨心中明白，顺治虽然出家，但凡心尚未根除，待我去指点明路，让他好好修炼，早成正果。观音菩萨摇身变成了一个进香的老太婆，善财童子变成了老太婆的女儿，模样与董鄂妃一模一样。老太婆带着女儿口念阿弥陀佛，朝天泰山寺庙去进香。

这一天正值庙会，来进香的人如潮涌，不少人还是从很远的京城赶来的呢。老太婆带着女儿，一步一磕头，进了山门，来到大悲殿，跪

◎ 石景山区老古城村花会表演 ◎

下给观音菩萨烧香。在一旁诵经的顺治无意中看了一眼这烧香的母女俩，大吃一惊，不由得心中叫了一声："啊！这不是董鄂妃吗？怎么没死？"再仔细看去，却不见那跪在地上的母女二人了。顺治怀疑自己是日思夜想看花了眼。他精神恍惚，赶紧走出大悲殿，到后院的禅房中去休息。

顺治来到了禅房，躺下休息。恍惚之间，见到董鄂妃跪在面前，诉说离情，说她已被封为天上的玉女，只因与顺治前缘未尽，才来见他最后一面。顺治哪里舍得她走，忽见狂风骤起，跳进来一只斑斓猛虎向董鄂妃扑去。顺治大喊："救命！"醒来方知是一场梦。他浑身都湿透了。

顺治醒后，难以入睡，左思右想，觉得这个梦太奇怪。莫非是观音菩萨嫌我凡心未退，难成正果？想来想去，决定回宫去见母后，再做道理。于是，他暗自从寺庙后门走出，绕道从南边山坡出了鬼门关，顺小路直奔山下去。

下了天泰山，过了万善桥，一直往东走。一路上，他又饥又渴，只好在路边一个小村歇息。这时忽然看见村口有口水井，一位老太婆正在井边汲水。看见那清凉的井水，直往外流，不由得更加口渴难耐。顺治向老太婆讨一口水喝，老太婆把桶递给他，顺治就低下头痛饮起来。顺治喝够了水，看出这井很奇异，那水不断从井底升上来，再从井口涌出。顺治问那老太婆，这是什么缘故？老太婆笑着回答："只是井满自流啊！"

顺治不解老太婆的话意，低头寻思，只见水中倒影，哪里是什么老太婆，分明是观音菩萨在朝自己微笑呢。顺治顿时大悟，这回是菩萨点化我呢，让我好生修炼，不可胡思乱想，方能早成正果啊！于是，顺治朝天一拜，就回到天泰山修行了。据说，顺治在井边喝水的那个村子，直到现在还叫满井村呢。

讲　述　人：**吕品生**

整　理　人：**杨金凤**

# 顺治出家

天泰山上边有座庙，叫慈善寺，别小看这座庙，顺治皇帝就在这儿出的家！

◎ 慈善寺屋脊 ◎

当时有一位老僧住在这座庙里，老僧有个傻徒弟，师徒二人每日礼佛念经，日子过得很清静。小徒弟入庙以来，别的事老僧也不让他干，只是每天早晚两次让他到庙北一处悬崖下去察看山崖有无裂缝。五里来地，傻徒弟每天都要跑上两趟，不论刮风下雨，还是大雪封山寒风刺骨，傻徒弟都要按照师父的吩咐，每日到山崖下去，不觉过了十年。顺治十八年（1661年）正月初八这天，正赶上下大雪。小徒弟踏雪顶风，仍然到那处悬崖去察看。山路难走，也不知摔了多少跟头。只是近些天来，小徒弟不知为什么不像过去那样呆傻了，人们说是老僧的佛法把他的智慧恢复了。小徒弟走在山路上，心想：每天这样跑两趟，也不知什么时候是个头。好好的一道小崖哪能裂开呢？今天回去就向师父说，山

人物传说

已经裂了，看师父怎么说；想到这儿，马上就返回去了。他向师父说："山崖已经裂开一条缝子，黑乎乎的也不知有多深。"老僧听后拉着徒弟的手说："徒弟，今天你的智慧圆满了，我的正果也修成了。我马上就要到西天佛国去，不能每日教诲你了。"小徒弟听了这番话，头脑从没这么聪明过，着急地说："师父如此倒是好事，只是我自己在这深山里，多孤独，多冷清啊！"说完拉着老僧的手跺脚哭起来。老僧慢慢站起来，走到案边，从上面拿出一幅画打开，问徒弟："你看这是谁？"徒弟止住哭一看，见是一张师父的画像。老僧又说："你想师父时，就展开看一看，不是如同和我在一起一样了吗？"徒弟忙说："只是不见画像上有师父手拿的龙头拐杖，手中只做这拐杖之势干什么？"老僧笑着说："以后哪位善士为我添上这拐杖，你就拜他为师，继续修行下去。"说完，把画像揣在怀里，右手挂杖，左手让徒弟扶住，向后山走去。徒弟陪着师父慢慢地来到悬崖下，说来也怪，只见山崖齐刷刷地裂开一个大缝子，黑森森特别显眼。老和尚并不多说话，理了理僧衣，把画像从怀里取出交给徒弟，嘱咐说："我讲给你的话，一定不要忘记，也许你将有个新师父，往后你们也许会被普天下的人们传颂呢！"说完，从容地跳入山缝，不一会儿，只见裂缝轰隆隆地又合拢了。同时，一缕轻烟升起，向西方快速飘去。徒弟拿着师父的画像，回到庙中。晚上，呼呼的山风吹起，他守着一盏忽明忽暗的油灯，不禁又怀念起师父来，他记得师父的话，等着拜新师父。

第二天一早，小徒弟就踏出山门，带上一钵一木鱼，向山下走去，走一步敲一下木鱼，口中念叨着，"化师父，化师父。"又是往日的那副呆傻模样了。翻过翠微山就是一路平道，不过正午时分进了西直门，来到京城中。走到午朝门前他已经是疲惫不堪了，但他仍敲打着手中木鱼，引来无数商贾市民，有人问，小僧也不理睬，口中依然叫道："化师父，化师父。"

这时顺治皇帝正在宫中，独自闷闷不乐地坐着，突然听到有木鱼声，急促震心，就喊太监进来，问："是怎么回事？如此深宫何来此声？是僧人还是道士所为？马上给我找来！"太监们循声查访，不一会儿，将小僧引进宫中。顺治皇帝问："为何来此宫禁之外，化何缘？"小僧久居深山且呆痴，并不知天下还有这么一位皇帝，见面前问话的人年岁不大，面目温和，就讲述了师徒之间发生的事情。说完就拿出师父画像递与顺治。顺治接过画像一看，见老僧画像老态龙钟，神采飞扬，只是如此高龄，没有拄杖，就平展僧像在龙案上，略沉思一下，从容动笔，噌噌几下，就补画了一支龙头拐杖，画像立时倍添神韵。

小僧见到这个情景，跪地就拜，口中喊着："你就是我的师父！"顺治皇帝见此情景，心想这必是佛祖的感召。该我超脱尘世入空门了。

当天夜里，趁着天黑，顺治便随着小僧出了宫禁，入山修行去了。皇帝没有了，皇太后命人发丧告天下，做了一个假道场，然后埋在清东陵。

讲 述 人：**王润德**
整 理 人：**包世轩**

古道磨石口传说

# 疯癫和尚

　　慈善寺过去香火特别旺，每年的农历三月十三至十五都有很多会档和香客到寺里拜佛，据说如果能吃上一口寺里的斋饭，那就会更如意了。

◎ 慈善寺香炉 ◎

　　可是年景不好，寺里的粮食也不多了，看着十三这天过去了，寺里的粮食都吃光了，十四、十五再来人怎么办？慈善寺的和尚和住持都一筹莫展。

　　十四这天的五更天，有人哐哐敲庙门，小和尚慧心忙去打开门，一个人一头就栽倒门口。

　　那栽倒的不停要水喝，慧心端了水来，来人喝完水，也清醒过来。

这时候，寺里的其他和尚也被惊醒了，慧心问来人叫什么名字，来人却问慧心叫什么，慧心说我叫慧心，来人说我叫顺心。慧心问他怎么渴成这样，顺心说，吃得太多了。慧心问为什么要吃那么多呢？顺心说粮食太多，吃不下就糟蹋了。其他几个和尚一听，说哪儿有粮食，我们也跟你去吃点，顺心说，你们不用跟我去，粮食要多少有多少，但你们得答应我一件事儿，几个和尚赶忙说，要答应事儿，得找住持。顺心一听，爬起来就走了。

三月十四这天，住持让小和尚把寺里和尚们自己的口粮都拿出来给香客们做了斋饭，可明天怎么办？连他们自己都要挨饿了呀。慧心就说，连夜去附近村里借粮，住持叹了声气，说这荒年，除了皇宫里、县衙里有富余的粮食，百姓家也没富余的。只好等明天跟大家实话实说吧。

半夜，慧心一直睡不着，他就想起那个疯疯癫癫叫顺心的人，心想要是找到他，或许能寻到些粮食。慧心悄悄起来，走到院子里，听到有哗啦啦的声音，仔细一听，声音在寺外。慧心慢慢打开门，蹑手蹑脚往山下走，越走哗哗的声音越大，走到山门外的南山坡上，明晃晃的月光下，只见一个疯癫的人，把一大麻袋的东西往山下倒，慧心屏息凑近一看，原来是一粒粒大大的黄豆，月亮一照，发着金亮亮的光。只见那疯癫的人，刺溜溜出溜到山下，一粒粒把黄豆捡起来，再装进麻袋。慧心想，这么一大麻袋豆子，他什么时候才能捡干净啊？哪知没半个时辰，那一大麻袋的豆子又都回到了麻袋里。慧心看傻了，撒腿就往寺里跑，想去告诉师父。

慧心深一脚浅一脚地往山门跑，突然，看见一个人把山门把住，那人看到慧心，哈哈大笑。慧心也不敢多看那人，绕开继续跑，可那人又拦住了他的去路，慧心只好一闭眼问，你是鬼还是人。哪知那人说，我是魔王。慧心说那请大师到寺里坐坐，那人说，慧心你睁开眼吧，我是顺心。

慧心一睁开眼，才看清真是顺心。顺心问，你们寺里到底要不要我在这里出家？慧心又撒腿跑，一边跑一边说，我去问我师父。

"收下你了！"原来住持就在跟前。

疯疯癫癫的顺心又蹦又跳，说你们不是缺粮吗，回去等吧，五更天，你们开山门，搬粮食。几个小和尚半信半疑，老和尚一转身回了寺里。

五更天，大家打开山门，几十袋的粮食摆在山门前。老和尚朝着山下喊了一嗓子："魔王，你的本事不小，就来本寺修行吧。"

这个疯癫的和尚，就是出家的顺治，他后来在天泰山慈善寺里坐化成了肉胎佛。

搜集整理：**杨金凤**

# 四柏一孔桥

**版本一**

　　磨石口在翠微山下，翠微山上古树参天，法海寺山门前头就有几棵苍翠松柏，离这些古树百十多米的坡下，通往法海寺的路上，也有四棵古柏，只是这四棵古柏长得奇妙，正好托起一座小桥，关于这座小桥，有个传说。

　　传说，大明成化年间，宪宗朱见深外出游幸，来到翠微山前，说要看看法海禅寺。陪他游幸的万贵妃带领

◎ 法海寺山门前古柏 ◎

韦兴、陈喜、韦瑛等人先后到了法海禅寺前的溪边，被湍急的溪水阻住了去路。

　　朱见深把整个地形、水势看了又看，把韦兴叫到身边指示说："去叫韦瑛领几个人，上山伐树，马上架桥。我们先到别处转转。"韦兴按皇帝旨意，赶紧派出了韦瑛等人上山伐木。过了好一阵子，韦瑛等扛了砍伐的木料来到溪边，他们左挑右选，就是找不出可以用作桥桩的材料。这十来个人正心急如焚，宪宗慢悠悠地走了过来问道："桥什么时候能够架好啊？"

　　"回万岁！现在还没有找到可以用作桥桩的木料……"韦瑛战战兢兢地回答着。

古道磨石口传说

"一群废物！这漫山的树木，连个桥桩都选不出来吗？"宪宗疑惑地问。

"万岁息怒！这山上的树木虽说不少，可是，也不知为什么，一棵棵长得稀奇古怪的，曲的多，直的少，实实在在是不好选……"韦瑛怯懦地嗫嚅着。

宪宗笑道："你们看，这漫山树木不成材，何不罚它把桥抬？"

韦瑛等顺着宪宗的手指一看，原来这溪边竟有几棵大树。这伙人一起跪下磕头连连高呼："万岁圣明！"

韦瑛吩咐："马上给我砍树！"话音未落，几个校尉操起家伙就要去砍。不料斧头还没有举起，就听一声断喝："住手！一群废物！我叫你们砍树了吗？等我回来你们要架不好这桥，以后就别吃饭了！"宪宗说完倒背着手走了。

韦瑛等人个个是丈二和尚摸不着头脑，人人急得抓耳挠腮，谁也弄不懂是怎么回事儿。就在这时，一个樵夫从山上下来，把柴担一放，一屁股坐在了路边，拿起草帽扇起风来。他刚扇了两下便被一个校尉喝住："干什么的？赶快走！"

"砍柴的，我实在是太乏了，上天罚我伐了一辈子的树，您就让我歇会儿吧！"樵夫央求着。

"不行！赶快走！一会儿让皇帝老爷见了还了得！快！"校尉急切地催促着。老樵夫无奈地挑起柴担走了。

韦瑛望着樵夫的背影，思来想去，忽然叫了起来："我悟出来了！"

众人惊问："悟出了什么？"

"你们没听这老翁在告诉我们吗？他是说这'伐、罚、乏'三字是一音！万岁爷是要我们'罚'这几棵树抬桥，而不是去伐树！"韦瑛激动地解释着。这使得几个小校尉也恍然大悟起来，不多时，他们就将一座以松柏为桩的桥架好了。

朱见深转悠回来，看了看这伙校尉架起的小桥，点了点头，走过桥去，便兴冲冲地奔法海禅寺了。后来这座小桥就被人们叫作了"四柏一孔桥"。至于那个老樵夫，有人说他是"神仙"，有人说他是"树精"。"四柏一孔桥"呢，更有人说它是"界桥"，是人间与仙境的分界，意思是过得此桥，便进入了仙境。

讲 述 人：**刘 帛**

整 理 人：**杨金凤**

## 版本二

到法海寺要经过一座小桥，关于这座桥的来历在民间流传下来一个有趣的故事。传说法海寺建筑完工后，李童前来验收，连续五天挑不出半点纰漏，心里一阵阵欢喜。工程是不错，但支付工匠的工钱可不少。李童原打算将三分之一的工钱装入私囊，如今支付了这部分工钱，银两就所剩无几了。李童想鸡蛋里挑骨头，不找出毛病不死心。他发现寺门外200多米处，有一条四米宽的小河，河面是木板搭的浮桥，不觉内心一喜："好，有了！"

回到院里，李童大夸工匠们如何能干，末了才装出一副为难的样子说："今天是八月十三，听说八月十五皇上要来此游玩，寺前的木板桥经不住皇帝的车辇，两天内必须修好四百零一孔桥。这'四百'代表皇

◎ 四柏一孔桥 ◎

威威震四方，这'零一'代表皇帝乃一国之主。若两天内建好桥，不但按原来约定付足你们全部银两，而且每人另赏5两。要是完不成，每人扣除100两银子。"工匠们明知李童想借此克扣他们几年来的血汗钱，只是敢怒不敢言。夜里，大伙一筹莫展地凑在一块儿，一声接一声叹气。眼见天已大亮，半个法子都没想出来。

有一个叫路于的江西老工匠，独自走出寺庙，来到河边。坐在那里呆呆地望着流淌的河水自言自语："河水呀河水，难道我们几年来挣的血汗钱真的要付诸东流了吗？"这时，夕阳的余晖照在水面上，金灿灿的，真如流金一般。水面上有几棵树的影子摇来摇去，路于忽觉眼前一亮，他站起身走到树前，左看右看，啧啧赞叹："以前我怎么就没注意过这些树呢？"于是三步并作两步返回寺里，告诉大家快快吃饭睡觉，十四日四更天时正式修桥。

再说李童，这两天心里别提多高兴了，躲在屋里细吃慢喝，心想："这几百两银子到手了，你们再有神机，不如我妙算。"八月十五金鸡报晓之时，李童迈着方步踱到屋外，台阶还没下完，就听有人上气不接下气跑来禀报："大人，工匠们已经把桥建好了。"

李童大惊，急匆匆来到河边问道："四百零一孔桥在哪儿？"工匠指指河面，只见一大块青石板恰好被四棵树担住，石板面稍稍向上隆起，不偏不倚，严丝合缝，恰好是一座桥，李童不由得暗暗叫奇。但仍装出一副不以为然的样子问："现在才有一孔桥，那'四百'在哪儿？"路于不紧不慢地指着河两端撑着石板的四棵柏树数道："一、二、三、四，不正好是'四柏'吗？"李童哑口无言。工匠们用"柏"与"百"的谐音架起了"四柏一孔桥"，巧妙地从李童那里得到了自己应得的银两。

如今，您去游览法海寺，当看到这"四柏一孔桥"时，一定会为工匠们的智慧所折服。

搜集整理：**杨金凤**

# 蛤蟆精

古老的永定河，曾经被称为湿水，又被称为桑干河。传说到了桑树长桑葚儿的季节，河水发大水的时候就过去了，河道里的水就慢慢干枯了，所以人们称这条河为桑干河。

据说，这条河的上游住着一个蛤蟆精，水干了是因为蛤蟆精把河里的水喝到肚子里了，但它一打喷嚏，这河水就从嘴里吐出来了。这一吐，喷出来的水能把附近百里的黄土都冲进河里，河水顺着山，带着黄土、泥沙，汹涌澎湃地冲到下游，两岸的老百姓就把这条河叫作浑河、小黄河。从上游卷来的泥沙，留在河道里，可就把河道给堵住了，河道一堵，河水就往旁边流，四处泛滥，村子冲毁了，人畜都遭殃，人们的日子没法儿过了。

河两岸的人就一起找官府，让他们把河里的泥沙清理出去，官府就派了很多人来清除河里的泥沙，有运的，有挖的，干了七七四十九天才清理了一小段。结果那蛤蟆精一个喷嚏，又把挖的一段给埋上了，汹涌的大水还冲走不少人。

◎ 麻峪村老人讲述永定河传说 ◎

很多人就求玉皇大帝管管那个蛤蟆精，别祸害老百姓了。玉皇大帝就下旨把蛤蟆精镇在了大山的深潭里。皇帝马上派了一个姓刘的官员来修理过去冲毁的河道，这刘姓官员就从桑干河的上游往下游走，走过了大山、悬崖，最后终于走到大山口，这山口正是上游河水冲下来的出口，他沿着出水口往南走，看到大片的河道被冲垮，就琢磨着在这里治水。

刘姓官员没着急动手修河道，他天天坐在西山的悬崖上看着北边的山，再看看南边的平原，手下着急了，离皇帝的限期越来越近了，怎么还不下令修河道呢。过了几天，刘姓官员把宫里的、民间的高人都请来，指给他们看，山的北坡坡度较陡，快到山麓之时，由于水的不断冲刷，形成了一片陡崖。工匠们就在这陡崖附近修了一个水渠，名为车箱渠。河水从石景山北侧山壁旁轰然流过，然后注入车箱渠内，左萦右转，将河水引入平野，灌溉着百里沃野；然后再送入京城，滋润着皇城。

搜集整理：**杨金凤**

# 戾陵

在京西石景山，有项古老的水利工程叫戾陵堰，戾陵堰是因为戾陵而取的名字，戾陵是刘旦的墓，可刘旦的陵墓怎么就被叫成了戾陵了呢？

◎ 磨石口村村民乔守恂讲述传说 ◎

相传汉武帝当权以后，国富民安，天下大治，汉武帝决定把他的儿子们都封到边国去，这样既可以巩固国家的边防，又可以让自己的儿子都成才，得到磨炼。当时刘旦岁数还小，虽说是受封燕王，但没有马上去受封的地方赴任。

等过了几年，刘旦长大了，就离开了长安城，千里迢迢来到今天的北京西边的蓟城，住进了万载宫明光殿。别看刘旦年龄不大，却有胆有识，机智敏锐，还博古通今，特别好学，通星象、数术，懂经、史、百家之书，还爱好射猎，箭法极准。刘旦励精图治，招贤纳士，很快便把燕国治理成了一个十分富足的藩国，也得到了汉武帝的赞赏。等他大哥、二哥去世之后，刘旦琢磨，30年了，自己这么能干，又有治国之道，应该得到父皇的重视。

刘旦深思熟虑以后，就上书汉武帝，请求入宫，给皇帝当卫士。

皇帝看了上书，心中不悦："他哪里是来给我当卫士，他是窥视我的皇位，我现在是年老多病，可我还活得好好的，他竟然这么早就别有用心了。"皇帝不露声色，立刻召刘旦进宫。

刘旦窃喜，觉得自己这一计得逞了，满怀欢喜赶紧来见父皇。哪知他千里迢迢回到皇城，刚到北门就被士兵拦下了，不让他进宫。刘旦把拦他的人大骂一顿，哪知他的气还没消，就有一队兵马赶来，抓住了他。

刘旦大喊："我要见父皇，看我将来怎么收拾你们！"

来人领头的说："你还想收拾我们？现在我们先收拾了你！"

刘旦不知其意，还在高喊："你们要反叛吗？你们这是杀头之罪！"

领头的说："要反叛皇上夺权的人是你，我们现在是要先问问你！"

这时候，刘旦才明白自己的意图被父皇看穿了。

刘旦就这样被皇上派来的士兵给拒于北门之外，削去藩国内的良乡、安次、文安三县，皇帝把小儿子刘弗陵立为太子。汉武帝死后，新封的太子刘弗陵继位为汉昭帝，颁赐诸侯王玺书。刘旦得到玺书之后十分生气，他借机跟大臣们说怀疑京师有变，就派遣了他的亲信前往长安城，借着武帝去世为由去刺探。结果大臣们说，国不可一日无主，太子虽然小，刚八九岁，但这是先帝所立。刘旦的亲信只好赶回燕国向燕王刘旦禀报，刘旦一听，认为其中有诈，就又派人上书京师，提议要各郡国为父皇立庙，以备祭祀之用。信使见到了霍光大将军，不料大将军让信使转告刘旦，可以褒赐刘旦钱三千万，再给他增加封邑一万三千户，但不准在郡国为武帝立庙。

刘旦听完大怒，说这皇帝本该是我，现在你们反倒要这么指手画脚地对待我。刘旦咽不下这口气，就与其他藩王预谋起事。宫里的一些大臣知道燕王的意图，个个想着自保的办法，觉得燕王当了皇帝，自己也能跟着沾光，升个一官半职，于是也跟着做些小动作。

刘旦的姐姐鄂邑盖长公主等人知道刘旦要自立为帝，也在暗地里跟刘旦合谋，想先除掉霍光。不料汉昭帝看到一些对霍光不利的奏书后，发觉奏书有诈，反而更相信霍光了。这些人看目的没达到，就密谋要杀了霍光，废了昭帝，迎立燕王刘旦为天子。刘旦就准备发兵长安。正在这个时候，忽有侍卫慌张跑来，说全城的井都干了，部队和老百姓都没水喝了。还没等刘旦问话，突然又有侍卫跑来，说猪圈里的猪都冲出圈，四处乱窜，见什么撞什么，遇到什么踩什么。刘旦拍桌而怒，哪知他这怒气还没发出来，一个侍卫一头冲进来，说有好多的鸟莫名其妙地掉到水里淹死了。刘旦再也坐不住了，起身要出去看看，他走到门口，一个人和他撞了个满怀，这人上气不接下气地说，不好了，不知道哪儿来的成群的黄鼠，在皇城门口跳舞呢。

　　刘旦停步，瘫坐到王位上，焦虑不安。突然外边电闪雷鸣，刘旦往屋外一看，天上下来的都是血雨，很快宫中就成了一片血海。雨越下越大，跟着起了大风，大风把宫里的大树连根拔起，把城楼也吹坏了。刘旦战战兢兢地盼着风雨赶紧停了。还别说，刘旦还真如愿了，天刚亮，风雨全停了，太阳也出来了，可没一个时辰，宫里就起了大火。这一通的灾祸，使宫里人心惶惶，流言四起，人们说是死去的先帝阴魂来报复刘旦了。一些人也动摇了，就把刘旦预谋谋反的事密报给了朝廷。汉昭帝再也没有手下留情，立即诛杀了与刘旦合谋的上官桀和桑弘羊。刘旦自知大势已去，接到汉昭帝的信后，自杀而死，死后就埋在了现在的石景山区。

　　后来，汉昭帝赐他谥号"刺王"，把他的坟墓称为"戾陵"，但还是以燕王的礼仪埋葬了他。过了300多年，人们在戾陵附近建起了北京地区最大最早的水利工程，这个水利工程在以后的数十年间，成为蓟城广大土地上的水利命脉。这个水利工程就是名闻遐迩的戾陵堰。戾陵堰的命名，就是因为它紧靠着戾陵。

搜集整理：吉　文

# 九

# 刘靖筑戾陵堰

　　三国期间，曹魏镇北将军刘靖驻守幽州，为了解决驻军和百姓的粮食供给问题，他决定兴修水利，在今天的石景山永定河古河道上筑拦水坝。这一举措导水东流，扩大灌溉，成为北京地区最早开发的一项较大规模的人工灌溉工程，在北京水利发展史上，具有极其重要的地位。

　　刘靖，安徽人。他修筑的戾陵堰和车箱渠在今天的石景山南永定河上。戾陵堰是一座拦水坝，因附近有燕王刘旦的戾陵而得名；车箱渠是一条引水渠，它导流戾陵坝分出的河水。

　　为了修好戾陵堰，刘靖不辞艰辛，亲自勘察河道，登上梁山，也就是现在的红光山俯瞰河道的走势、引渠就低避高的走向以及流域对渠水的利用。经过多方调查研究，掌握了水文状况，于魏嘉平二年（250年）开始兴工，刘靖率部下千人造拦水坝，修车箱渠。

　　魏景元三年（262年），朝廷又遣樊晨重修戾陵堰及车箱渠，扩大了灌溉面积，灌田多达三万余顷，百姓视为甘泽。

　　晋元康五年（295年），西山发了洪水，戾陵堰年久失修，被冲毁四分之三，车箱渠也出现了漫溢。朝廷派刘靖之子骠骑将军刘弘整修冲毁的坝、渠，刘弘亲临坝地，指挥修复工程，起长堤，立石渠，修主坝，治水门，门广四丈，立水五尺，用工四万有余，包括居住在这里的乌丸族、鲜卑族人民也主动参加，工程很快得到了修复，坝、渠继续在北京地区发挥着泄洪、蓄水的重要作用。

搜集整理： 关续文 　吉 文

# 方丈不输皇帝

传说，康熙皇帝曾到过京西磨石口的龙泉寺，一进寺庙，就觉得这寺庙跟其他地方有点儿不一样。哪儿不一样呢？皇帝看到这龙泉旁边一张大棋盘，棋盘上放的不是棋子，而是笔墨纸砚。康熙暗自想，这寺里的方丈太嚣张了，竟然敢把笔墨纸砚摆出来，那明摆着就是让来人输他一筹吗？乾隆这样想着，就打算跟方丈过过招。

◎ 磨石口村龙泉寺寺内棋桌 ◎

康熙一身便装，可随从就跟了四五个，方丈一看，知道来者不是凡人，否则不会带这么多下人，于是就留心起来。

寺里僧人请康熙殿内歇脚品茶，康熙说："不用了，我就坐那棵大树下边吧，井边上不是还有棋盘吗，你们谁会下棋，过来。"

僧人说："我们庙里有个规矩，要下棋，先比字，谁的字比我们方丈写得好，他就出来跟你下棋。"

古道磨石口传说

康熙说："我也有个规矩，谁下棋赢了我，我才给他留下笔墨。"

正在这僧人和康熙争执之时，老方丈从屋里出来，他慢悠悠下了台阶，二话不说，在棋盘上摆上棋子。

乾隆心想，看来这方丈不是个糊涂之人，二人开始下棋。

康熙说："我让你三个子。"

老方丈不语，点点头。一盘棋下来，康熙输了。他不想认输，就说："这盘，我让你两个子。"

老方丈还是不语，末了，还是康熙输了。这次康熙再不提让子的事儿了，急火火就摆上了棋子。老方丈终于开口了："我让你三子。"

康熙立刻说："你看不起我？"

老方丈微微一笑。康熙不好意思争执了，因为刚才他让老方丈三个子，人家老方丈可是没说什么。

这次康熙可是下得很慢，走一步棋恨不得得半个时辰，因为老方丈让了他三个子啊，他要是输了，就彻底没面子了。这时候跟随康熙多年的太监，赶紧把四周的人轰走，他怕万一皇上输了，没面子。

就这么一盘棋，两人从早晨一直下到日垂西山，康熙还是输了。康熙一看，嘿，这老方丈的棋艺果然很高，不过康熙怎么说也是皇帝啊，他还不想服输，面子上有点过不去，很想难为一下老方丈。

康熙想，你棋好，不一定别的都好吧。他认为自己博学多才，就想用拈联的方式，难为难为老方丈。

康熙说："方丈，我输了棋，本该跟你比字，只是在比字之前，咱们先对个对子怎样？"

老方丈说："施主随意，老衲奉陪。"

康熙沉思半晌说："山石岩下古木枯，此木是柴。"

老方丈略一沉思，随口而出："白水泉中清荷好，莲花蔓妙。"

康熙一听，这对联也难不倒他，算了，我一出手写字，估计他就知道我是谁了，皇帝挥笔而书："仙山古刹神泉高人。"

方丈放下手中的笔，低声说："皇上莫怪。"其实老方丈早已看出了康熙的身份。随后，两人谈着汉赋、唐诗、宋词、元曲，各发高论，康熙皇帝暗喜，终于找到了可以与自己谈古论今的人。渐渐地，老方丈与康熙皇帝交上了朋友，皇帝经常到龙泉寺拜访、请教，老方丈也经常为皇帝的治国安邦出谋划策。

搜集整理：**杨金凤**

# 万历游仙山

明代的万历皇帝叫朱翊钧，就是埋在十三陵中定陵的那位。他当皇帝48年，在位期间还游览过石景山。

◎ 石景山 ◎

万历皇帝25岁那年，永定河发了大水，一下淹到了北京城，连着40多天才退，把京城冲得房倒屋塌。万历得知起因是永定河上游石景山段决口，就记住了这座山名，恰好第二年秋天，永定河决口处大堤合龙，他就打定主意来看一看。

那一天的石景山，天晴气朗，山色苍郁，红叶流丹。年仅26岁的万历皇帝正是青春年少，他也不坐轿，从南天门径直上了金阁寺塔。他东望紫禁城，高墙黄瓦，色彩斑斓，真是铁桶般的雄关。转身西望，可不得了，只见一条黄色巨河游龙般地从西山深处喷涌而出，溅着白沫，掀着巨浪向南奔流。

万历来到藏经洞旁，见一株巨柏从石缝中挺出，绿荫罩地。那古柏有一搂多粗，直插云霄。主干上的瘿瘤像一个个虎头熊脑，异常苍劲。

听大臣讲，古柏是战国时的燕昭王种植的，树龄已有1000多年，不但四季常青，而且生机旺盛，裸露的根在石缝间盘来绕去，并滋生出许许多多小柏树，把满山映衬得一片青翠。据说，人吃了古柏的籽儿，可以祛病延年，返老还童。皇帝一听，来了兴致。他喜欢舞文弄墨，立刻在一张雪白的高丽纸上，挥毫写下了"灵根古柏"四个大字。山上的寺僧招待皇帝饮食，看皇帝高兴，就索要赏赐，万历皇帝就顺手把这幅字赏了出去。

下山后，主持完堤坝合龙，皇帝就来到了永定河的板桥边。那板桥横跨在河身上，下边数条铁链上铺着木板，上边两根铁链成为扶手，也不知存在了几百年了，在河面上颤颤悠悠，发出吱嘎吱嘎的可怕声响，且一眼望不到头。万历皇帝好胜心切，迈步上桥，那桥一晃，皇帝差点跌倒。几个小太监赶紧过来搀扶，大臣们也来保驾。无奈桥面不稳，一个个东倒西歪。桥下那河水浑黄，水势激越，旋涡巨浪扑面而来，又汹涌而去。皇帝心惊肉跳地来到河心，不禁对大臣们感叹道："看见这条河，那黄河的可怕，闭着眼也能想出来了！"他马上吩咐大臣，抓紧加固堤岸，保证以后再不能决堤，出了漏子，提头来见。他无心再到对岸，反身下桥，让众大臣奉献诗文，记载这件盛事。大臣们立刻抖擞精神，施展才华，七八个人接连出口成章，颂扬皇帝英明和关心百姓疾苦，把万历皇帝高兴得合不拢嘴。

转眼，日落西山。万历皇帝起驾回京。那寺僧送走皇帝，马上派人请石匠把皇帝的题字凿刻到崖壁上。那石刻几百年来，成为石景山上一处特殊的人文景观。万历皇帝游览石景山，距今已有400多年。

搜集整理：**门学文**

# 慈有方护墓

　　田义墓以历史上独特的宦官现象为主要内容，同时也展示了在田义墓园中的石雕、石刻艺术和民俗文化。走进去瞧一瞧、转一转，方知岁月悠长，乾坤博大，世界精妙。您一定要问，这座保存完好的墓园何以幸存400载？这里有一位太监立下了大功。

　　在田义墓幽静的寿域中，除田义的墓庐外，在他的周围还附葬着一些敬畏田义为人、愿意在这青山绿水中陪伴着他的后辈宦官，他们中就有护持田义墓园有功的慈有方。

◎ 田义墓 ◎

慈有方，顺天府大兴县人，本姓杨，号宜斋，生在明万历乙酉年六月初六日，也就是万历三十七年（1609年）。清康熙初年，官至乾清宫御司房忠勇营中军总护官御马监太监，深得康熙宠幸。他是何时入宫当太监的，明代史料上并没有记载，但他在清兵入关时已34岁，建于明代正德年间的慈祥庵不知什么原因成了他的私产。

但是，清朝统治者对宦官有了较明朝更多的要求和限制，康熙即位后，不久诛杀了吴良辅。不过，对忠心耿耿的宦官，清廷还是优容有加，如慈有方就得到了康熙皇帝的格外垂青。在他的墓碑上记载着天子赐福于他的全部经过：康熙九年（1670年）十二月二十三日小年这天，御前侍卫亚尔泰奉诏慈有方至御前钦赐御笔"福"字一圆、缎三尺。按照清宫习俗，每年到了年根的时候，皇帝总要亲笔书些"福"字或"寿"字来赏赐给中外大臣和翰林院的翰林，以表示皇帝对臣仆的器重和信任。同时赐"福"字和"寿"字的少，并且入宫观瞻御书的就更少了，谁要得到这一殊荣，那可是值得一辈子夸耀的事。

御前侍卫亚尔泰传完皇帝的旨意后，慈有方半天没醒过神儿来，他以为自己听错了，跪在地上一个劲儿地发愣。直到亚尔泰让他起来赶紧接旨，他才急忙叩头谢恩。随后慈有方诚惶诚恐地来到皇帝的御案前，"扑通"一声跪在地上。康熙看了一眼慈有方，微笑着说："慈有方，朕念你勤劳卓著、忠心可嘉，特赐你御笔"福"字一圆和缎三尺。"慈有方受宠若惊，一边磕头一边说："万岁，奴才既无犬马之劳，又无洒扫之勤，只有一点忠心，实在不敢当此殊荣！"康熙又微微笑了一下，并让慈有方走近御案前观看皇上亲笔书写"福"字。慈有方磕头如捣蒜，口中不住地说："谢主隆恩！"当着慈有方的面，康熙皇帝挥毫泼墨，转眼写出一个遒劲有力的"福"字来。

经过深思熟虑，他决定向皇上奏请捐出私产慈祥庵，用来保护前明太监墓群田义墓。康熙十一年（1672年），他向皇帝上书，说自己"年已衰老，后继乏人"，恐怕慈祥庵及田义墓被"贪利之徒拆毁盗卖"，请求皇帝恩准将慈祥庵与山场一并交给徐纯修等僧众重修、保管。这样做一举三得，既能保护田义墓墓地，又打算重修田义墓和慈祥庵，同时还为太监、寺僧提供了年老及死后的栖身之所。康熙闻奏，龙颜大悦，立即恩准，这件事详细记载在田义墓的《皇恩准给》碑上。

又过了一年，即康熙十二年（1673年），慈有方溘然长逝，葬入田义墓园中。临终前，他让后人把天子赐福的事儿刻在碑上，以此感激皇帝对他的特殊恩典。如今，人们参观田义墓，在了解中国宦官的独特生活和欣赏精美石雕石刻的同时，还应该想到这位护墓有功的人。

搜集整理：**苗天娥**

# 康熙磨石口骑骆驼

旧时石景山是从城外往城内运送货物的一条重要通道，因此磨石口、衙门口、庞村、北辛安、八角村、古城等很多村子都有养骆驼的人家。他们把山区的煤炭、石灰、柿子以及各种山货运回来，有的人家几代都是养骆驼的，旧时叫驼户。那些没养骆驼的人，就给别人家当拉脚的伙计。

传说康熙有一年到石景山来巡视永定河水患情况，大队人马走到磨石口附近的时候，康熙皇帝远远看见前面有一座山，随即问太监这是什么山，太监忙答叫蟠龙山。康熙皇帝一听是蟠龙山，就回头往城池里张望，突然，他又指了指蟠龙山东南的骆驼山问："那是什么山？"太监又赶紧说，那是骆驼山。

康熙看了看两座山后，沉思不语，太监赶紧上去讨好地说："皇上，蟠龙山是因为您龙恩惠及才这么碧翠鼎力，那骆驼山不过是座普通的山而已。"

康熙摇摇头说，这骆驼山在前，是专门给我预备的，骑着它上蟠龙山来的。康熙话音未落，一声嘶叫远远传来，随着嘶鸣声，一峰壮实的骆驼来到了康熙跟前。康熙大喜，下了轿来要骑骆驼。这怎么了得，吓得太监连连相劝。可康熙说，我连打猎骑马都行，这峰骆驼我怎骑不得。说罢，就见那骆驼温顺地卧在地上，皇帝一步跨上去，骑着骆驼，带着浩浩荡荡的护卫进了磨石口村。后来，京西地区老百姓中流传着神骆驼的传说，据说往后每次皇帝一来，这峰神骆驼准在磨石口村口卧着，给皇帝当坐骑。

搜集整理：**杨金凤**

古道磨石口传说

# 金马驹刨窑

　　磨石口村北有座蟠龙山，蟠龙山的南坡有个洞，老人说那洞原来是古墓，古墓让盗墓贼挖了，就光剩下洞了，也有的人说，那是乾隆来小西山打猎的时候，金马驹刨出来的。

　　相传，乾隆这年从皇城出来，也没多带人，不像去木兰围场那样带着大队人马，就带这十来个人，出了西直门，过了玉泉山，就直奔八大处。乾隆晚上就住在了八大处六处的香界寺行宫。

　　第二天一大早，乾隆披挂上阵。乾隆这次打猎骑的可不是高头大马，因为山上的路不好走，只能骑驴。他骑着驴出了香界寺南门，沿着坡路过山涧、钻树林，一直往西南走来。有随行来报，说前边不远处发现了一头鹿，乾隆来了精神，他下了驴，背着箭，往有鹿的地方赶。

　　走着走着，乾隆看见树林下的荒草地里有一个大洞，走近，想往洞里探头看，一股寒气从洞里冲出来，他再仔细瞧，只见这洞深不见底，里边好像有动静。乾隆于是叫来随从，往洞里扔了块石头，洞里倒一时没了声响，乾隆一心想着去射鹿，就转身离开，没走出十几米，那洞里又有了声响，乾隆就又转了回来。他要到洞里去看个究竟，皇帝要下去，随从们赶紧拦着，谁知道这洞里有什么山精鬼怪啊。

　　皇帝一想，就让别人先进去一瞧吧，一个侍卫蹲下身就要往洞里下，突然一个大喷嚏从洞里传出来，侍卫被这股气儿吹到半空，落在不远处的一棵树上。第二个侍卫又到了洞口，还是被吹上了树。皇帝看着身边的六个人全都进不去洞，就拿出一支箭，把箭头上抹了毒药，下到洞里。他一步步慢慢往洞里摸索着走，越往里走寒气越大，不大一会儿就开始浑身打哆嗦了。约莫走了20多米，乾隆走到了洞底，奇怪的是，里面什么东西也没有，乾隆举着火把把洞的四处照了个遍，还是什么也没有。他又在洞的四壁上敲打了半天，还是没发现什么。

乾隆一无所获，就一步步往洞口退，因为刚才在洞里没见到东西，乾隆绷紧的心也放松下来。哪知就在他走到离洞口五六米的地方，脚下被一个东西绊倒了，吓得乾隆起了一身鸡皮疙瘩，他挥起手里的毒箭四处乱射，只见这洞壁上金星四射，乾隆用箭在洞壁上用力戳下来一块东西，带着这块东西就上来了。乾隆出了洞口，侍卫们围了上来，看着乾隆手里拿的，其实就是一块黑煤，也不是什么宝贝。乾隆半天没说话，他看了看四周的山，知道这是翠微山南所属的一个小山，当地老百姓都叫蟠龙山。乾隆想，这蟠龙山上有煤呀，这煤又好又亮，今天让我遇上，一定是天意。于是下令让人把这里圈起来，专门把这煤运到宫里用。

　　就在乾隆下令手下圈煤窑的时候，一匹小马驹从刚才乾隆钻过的洞里飞奔而出，惊得大家目瞪口呆。只见这小马驹一身乌黑，脑袋却是金光闪闪的金脑袋。有侍卫搭箭就要射，被乾隆一把拦住，乾隆说，他昨天夜里住在香界寺行宫的时候做过一个梦，梦里有人给他端来一碗乌金，看来就是这金马驹刨的乌金洞了。后来磨石口村又发现了好几处煤窑，人们说那是金马驹在小西山上拉屎砸出来的乌金洞，其实就是煤窑。

　　后来，和珅在香山也找到这样一个乌金洞，他把洞里的煤开采出来，运到城里卖，发了大财。

搜集整理：**杨金凤**

# 十五

# 乾隆买磨刀石

　　清乾隆皇帝爱微服出游。这年，他带着一个太监和一个侍女，出了皇城往西走，出了西直门，过了田村、琅山，来到磨石口。他听说磨石口出产的磨石可以磨镰刀，磨过的镰刀锋利无比；也可以磨铡刀，铡铁如泥。

　　乾隆想看看到底这磨石有多厉害，他走到磨石口，过了第二座过街楼，从村里古道北边沿着山坡往山上走，没走多远，看见许多人在山坡上采石头，采石场热热闹闹。乾隆好奇，弯腰捡起一旁码放的磨石。

　　突然一个姑娘奔过来，一把抢过乾隆手里的磨石："放下！放下！别来这里捡便宜。"

　　跟在乾隆旁边的侍女一下火了，一巴掌把姑娘打翻在地，其实她出手不狠，因为那姑娘脚下有块大石头，一下子就绊倒了。这一下可惹恼了采石场的人，众人举着各种家伙什儿扑上来，把乾隆他们三个人团团围住，质问他们为什么打人。

　　那侍女赶紧道歉，可磨石口人心齐，非要讨个说法。太监这时候说话了："你们要说法是吧？看这样行不行，我们买下这姑娘的磨石。"

　　姑娘一听，顾不得摔破的胳膊，连忙爬起来说："行行行。"

　　乾隆伸手一拦说："请问姑娘，你这石头是干什么用的？"

　　姑娘瞪起了眼珠子，说："嗨！你是不是京城人啊？我们磨石口的磨石，全京城没有不知道的。"

　　乾隆说："我就不知道。你说好，给我看看。"

　　姑娘也不示弱："你等着，我回家把家里已经打磨好的磨石给你扛来看看。"说完，姑娘跑到几百米远的家里，扛来一块二尺多长半尺多宽的磨刀石，往地上一摆说："你要磨什么？"

　　乾隆想了想说，我要磨指甲，随后就伸出了右手。太监一看大惊，这要是姑娘把皇帝的指甲磨坏了，那皇帝还怎么阅章批文啊？太监赶紧伸出自己的两只手说："磨我的，两只手，随你挑。"

此时看热闹的村民不干了，纷纷说这是他们发难，只听说磨刀石是磨刀的，哪有磨指甲的道理？

姑娘一点也不胆怯，往石头上倒了点水，然后抓起乾隆的手就往石头上按。太监和侍女同时扑上去拦住姑娘。

姑娘眼睛一瞪，讥笑着说："原来你们都是胆小鬼啊！算了，我磨我自己的指甲。"只见姑娘把右手的食指指甲往磨石上飞快地一蹭，再把手伸到乾隆跟前，只见姑娘食指的指甲薄如蝉翼。乾隆一下子惊呆了，这磨石真是神了。可他还是板着脸问："你们说磨石好，磨出的刀能砍树吗？"

姑娘明知道来者耍无赖，还是忍着性子，她从腰里拔出一把刀道："你看着啊！"

说时迟那时快，躺在路边的一棵二丈来高的大树被一刀砍断。乾隆心想，这石头要是买回去，磨出的战刀准锋利，打起仗来准好使啊。想到这里，乾隆悄声对太监说："给钱，全买了。"

太监从马上拿下来一袋子银两，对姑娘说："钱给你，三天后我来拉石头。"

◎ 2016年磨石口村旧居 ◎

这回轮到姑娘傻眼了，她哪见过这么多银子啊，她也不知道这些银子该卖出多少磨石。侍女在一边看出了姑娘的心思，就说："照着你磨指甲的这块磨石，三千块就行了。"从此，皇宫里的磨刀石，用的都是磨石口的了。

搜集整理：**杨金凤**

# 乾隆磨石口斗蝈蝈

西山的蝈蝈、蛐蛐好，在京城很有名气，很多养蝈蝈和蛐蛐的人都到京西来捉，拿到天桥去卖。天桥要吃的有吃的，要玩的有玩的，说书唱戏打把式的都有，招来四九城的人都到天桥来闲逛或是挣口养家的吃食。这么热闹的地方，皇上自然也不会错过。

这天，天桥来了位爷，东走西瞧，也不买什么，正是微服出游的乾隆皇帝。走着走着，瞧见一群人又喊又叫，扎成一堆，乾隆想凑上去瞧瞧，挤了半天也挤不进去，他四处看看，不远的地方有个卖风筝的案子，他就踩到案子上看，才知道那些人在斗蝈蝈呢。乾隆越看越上瘾，忘乎所以地跟着喊，结果忘记了是踩在案子上，一个跟头从案子上摔到了人堆里，把人家蝈蝈也压死了，蝈蝈笼子也压扁了。这一下像捅了马蜂窝，所有的人都指着乾隆的鼻子数落他，乾隆狼狈不堪，问怎么赔钱，蝈蝈的主人竟然不要钱，说这蝈蝈是有钱也买不来的好蝈蝈。乾隆问上哪儿找你要的蝈蝈去，那人说，京西翠微山上有，怕是你抓不着。

◎ 京西翠微山 ◎

乾隆来到翠微山南的磨石口，问村里人哪儿的蝈蝈好，怎么抓。村里的孩子告诉他上山的路，乾隆就一个人进了山，从早晨到晚上，蝈蝈是抓了不少，可拿到磨石口村里跟孩子们手里的蝈蝈一比，全都败下阵来。

乾隆就想了个办法，他跟那些孩子们说："你们上山给我抓蝈蝈，抓来以后，你们各自拿出自己的蝈蝈比赛，斗赢的蝈蝈卖给我，你们说成不成？"孩子们一听，闲着也是没事儿干，捉蝈蝈也是玩，还能挣钱，于是有几个孩子就跑到山上捉蝈蝈。孩子的嘴巴快，一传十，十传百，几天以后，100多个孩子都把抓到的蝈蝈拿到乾隆住的地方斗，乾隆每天就跟着这群孩子斗蝈蝈，一拨一拨比下去，终于从上千只蝈蝈里，找出和那个人的蝈蝈一样凶猛的蝈蝈，赔给了人家。可这事儿还不算完，乾隆玩斗蝈蝈上了瘾，一有时间就跑到磨石口后边的山上抓蝈蝈。后来有个太监出了个主意，发动磨石口的人，把磨石口的蝈蝈都抓干净，乾隆这才断了玩的念头。

搜集整理：**杨金凤**

## 替身和尚

蟠龙山下有座龙泉寺，龙泉寺曾经有个会武术的和尚。人们说他是皇帝的替身僧。

相传，这个和尚会软功，能把自己缩成一团，夜里睡觉就躺在房梁上。龙泉寺过去没有泉，他来了以后，冲着寺西边的山崖竖掌一劈，就把山壁削平了，用拳头冲着山壁的石头一拳下去，就把山壁砸出一个大洞，他又伸出一根手指头，冲着山洞里的地面一点，一个泉水坑就捅出来了，他仰起脖子，冲着蟠龙山吹了一口气，山上的泉水就哗啦啦顺着山崖流进井里。而且这个和尚还能给人看病，多难的病他都能给人看好，还从山上背下来一块大石头，做成了药碾子，自己采药，自己磨药，自己配药。

清代皇帝信奉藏传佛教，可如果真要到寺里修行成佛，那谁来管理国家的事儿啊，于是就想找个功德高、功夫好的和尚替他出家。

皇帝有了找替身和尚的想法，一边派人四处找这个替身，一边寻找替身修行的地方。他把自己走过的地方想了个遍，觉得不能太远，来回不方便，怕耽误国事；又不能太近，太近了不利于以后的修行。想来想去，就选中了磨石口的蟠龙山，意思是盘踞于此，潜心修行。刚选好了地方，太监来报，说在承德发现了一位高僧，可太监站在那儿半天不动，皇帝生气了，要自己亲自去。这时候太监才说了实话，说那位高僧是个喇嘛，怕请不来。

皇帝带着两个护卫，化装成了一个和尚，就去了承德，见到那个喇嘛，把自己的想法给那喇嘛说了。喇嘛竟然一口答应了，皇帝又提出个要求，让喇嘛在寺庙里的时候穿上和尚的衣服，到了皇宫里可以穿喇嘛的衣服。这个和尚来到了蟠龙山，他看到磨石口村里有人生病，就开始给人治病。这和尚待的地方是就在现在的龙泉寺，为了方便皇帝隔

非物质文化遗产丛书

Intangible Cultural Heritage Series

古道磨石口传说

三岔五地过来找他，就修了几间房子。开始皇帝来的时候，也都是和尚的打扮。

那和尚还在泉水崖下修了张棋盘，摆上两个石墩，皇帝来了，他还跟皇帝下棋，据说是皇帝教给他怎么下棋的，开始是他输棋，到后来每次都是皇帝输棋。所以有人说，蟠龙山上两条龙，一条真龙，来去无踪，一条盘龙，盘卧山中。时间长了，人们把盘龙叫成蟠龙，把这山就叫成蟠龙山了。

搜集整理：**杨金凤**

# 承恩寺"银杏抱桑"

承恩寺在石景山京西古道磨石口东街路北,那可是座有名的古刹。山门宏伟、古碑楼年代久远、大殿巍峨和其他寺院没有的宽敞的大操场。庙里的住持是三品官,京城三品以下的官员经过寺门时,文官都要下轿,武官都要下马。寺内现存的明代壁画和彩画也很有名,画中的巨龙和放生图栩栩如生。寺中还有众多的奇树,有"人字柏"、黄松、古银杏、古槐、椿树托石等。其中有一棵奇树,叫"银杏抱桑",传说与明朝的大宦官刘瑾有关。

刘瑾,本姓谈,从小就机灵、狡诈,幼年净身入宫后拜在一刘姓太监门下,就改了刘姓。他入宫后利用侍候太子朱厚照的机会,极力献媚讨好。太子当上了皇帝,就是明武宗,刘瑾为了投其所好,不断献上名伶歌女和各种宠物,使皇帝整天沉迷在声色犬马之中。刘瑾还总是趁皇

◎ 承恩寺的"银杏抱桑"(陈康摄)◎

帝忙着游乐时，上报国家大事。皇帝不耐烦时，就把国家大事的处理权交给了他，这也就等于给了他一手遮天、作威作福的机会。从正德元年（1506年）到正德五年（1510年）这五年间，当时京城传有两个皇帝之说，一个"坐皇帝"是指明武宗，一个"站皇帝"指的就是刘瑾，民间把刘瑾称为"九千岁"。

刘瑾把"坐皇帝"玩弄于股掌之中，还不满足当"站皇帝"，就做起当真皇帝的梦来，他还笼络了马永成、高凤、丘聚、谷大用等八人，狼狈为奸，号称"八虎"。要做真皇帝就得有兵马，他让皇帝出钱盖了承恩寺，在寺后留下了大操场，然后假传圣旨，不许寺外喧哗和扰乱寺院，还规定寺里的和尚不做道场、不开山门、不受香火。他想干吗呢？原来，他选派了武功高手，在寺院里训练士兵，伺机造反。几个月后，他派兵准备掘开永定河的金口淹紫禁城，起事前就先来承恩寺卜问吉凶。刘瑾进山门，穿过天王殿，来到大雄宝殿。他给殿里的大铜佛烧了三炷香，就磕起头来，求佛祖保佑他造反成功。再看那香，香气不往上飘，而是朝下跑，呛得他直流眼泪。他捏着鼻子站起身出了大殿。看到那不大的庭院里长了八棵老树，有古柏，有银杏，尤其是承恩寺的银杏树长得茁壮，浓荫如盖。西南边的一棵银杏树引起了他的注意，他一眼看到树后的叶子不是扇面形，而是心脏形的桑叶，感到奇怪，就问寺里的僧人："这是怎么回事？"寺僧趋前答道："这是棵银杏，寺中奉为神树。几天前树内忽然长出一棵桑树，枝头超过了银杏。银杏树与桑树长在了一起，前边是银杏，后边可就是桑树了。植物有"槐抱春"的现象，这种银杏抱桑的事倒极为少见。"刘瑾自语："银杏抱桑，银杏抱桑，抱桑，报丧。"自己吓了一跳。再看其他树是"百（柏）姓（杏）报丧"，"银杏抱桑"又是说他"淫幸"，又为他"报丧"。他心里有鬼，就觉得后脖颈子直冒凉气，吓得出了一身冷汗。他暗想："不吉利，不吉利，大事不成！"没敢下令掘金口，就抱头鼠窜地回了京城。

几天后，刘瑾的阴谋败露。他不敢起兵造反，乖乖被贬出京城。途中，他想起承恩寺的"银杏抱桑"，感到老天示警，报应不爽，就自杀身亡。他的党羽把他的尸体埋到了石景山上，还立了一座无字碑。其实，承恩寺的"银杏抱桑"事件，是寺院的住持僧宗永所为，他痛恨刘瑾祸国！

这段传说虽与正史有所出入，但如今，承恩寺的"银杏抱桑"还在，得三个人才能搂住，枝叶茂密，高插云天，成为寺中的奇观。

搜集整理：**陈 康**

# 老王爷礼王府养伤

清光绪二十六年（1900年）的一天，一位身穿黄缎马褂，脚蹬朝靴，辫发纷乱的官员，在三名侍从的护卫下，从阜成门方向跌跌撞撞地逃到磨石口村东的礼王坟看坟人家中，他便是赫赫有名的礼亲王爱新觉罗·世铎。

这一年的夏天，八国联军入侵北京。这天早晨，慈禧太后和光绪皇帝仓皇出逃，正要"进内应差"的世铎"旋闻圣驾出巡"，急忙追随扈从。不料行至阜成门内马市桥西与大队洋人相遇，洋人开枪伤人，抢马夺物，混乱之中世铎从马上摔下跌伤。洋人不知他是位亲王，只以为是个头头，冲上去用枪托一顿痛打。当时护卫逃散，幸有三名贴身侍卫救出世铎，连扶带背，出城向西落荒而逃。说来可怜也可悲，这礼亲王是当年皇太极封"内佐国政，外率重兵"的努尔哈赤第二个儿子代善的后人，而且世袭，辈辈承爵，不受"子袭父爵，例减一等"成规的约束，后人俗称"铁帽子王"。世铎生于道光二十三年（1843年），历事

◎ 礼王坟前发电站 ◎

咸丰、同治、光绪和宣统，同治时授内阁大臣右宗正，光绪时为军机大臣，此后还负责掌管火器营、健锐营等八旗官兵事务。然而，就是这位身负重任的军机大臣，在八国联军入侵之时，既未能率兵抗敌，又没赶上扈从圣驾，却跑到祖坟圈里养起伤来了。他自己也觉得不好交代，遂于当年9月14日写了一道奏折，在叙述自己不能尽职原因后，声泪俱下，恳切陈词："……获咎莫大，进退维谷，拟寻自裁，深恐辜负高厚天恩，再四思维，在我皇太后、皇上正不知如何系念奴才，而奴才遥念圣躬行在之劳苦，形神终日追随。奴才既沟壑之未填，尚冀涓埃之报效……所有奴才遇难困苦因病请假，缓赴行在各缘由，理合恭折具陈，不胜待命之至。伏乞皇太后、皇上圣鉴。"好在他的主子倒也体谅奴才的苦衷，在奏折上御批"著赏假一个月，俟病痊即赴行在。钦此"。

这位礼亲王世铎于1914年病逝，葬于今福寿岭村南，建有宫门、朝房与围墙等。礼王坟具体位置在金顶山路西侧、永定河引水渠北岸，发电站东百米处。

搜集整理：关续文

# 二十

## 礼贤下士

在磨石口村东南的地方，有一个村寨叫衙门口，衙门口过去是清代宛平县的第一衙署，因而远近闻名。《光绪顺天府志》载："衙门口旧有碣石宫近此。"碣石宫是什么呢？据说，这和历史上著名的燕昭王求士有关。燕昭王当政以后，首先得治理国家，因为这时候他的国家——燕国早已经被齐国掠夺得残破不堪。他要修理宗庙，整顿国政，立志报仇兴国。

怎么才能尽快治理好国家，让老百姓过上好日子呢？他想先听听其他人的意见。这天，他对老臣郭隗说："我知道燕国弱小，难以与齐国抗衡。请问在这种劣势的国力下，该怎样复兴国家，雪先王之耻呢？"

郭隗说："强国之本在于人才。"

燕昭王说："战争失去了很多人，咱们国家的大将也死了不少，我上哪儿找那么多人才去呀？"

郭隗就一一地为燕昭王列举罗致人才之道，他说："成帝业的国君，能以贤者为师；成王业的国君，能以贤者为友；成霸业的国君，能以贤者为臣。而亡国之君只能使用一些小人。因此国君越是谦恭下士，有才能的贤者越会来投奔。"燕昭王一听，觉得有理。于是就进一步征询道："你建议我招引天下贤士，那么谁才合适呢？"

郭隗答道："从前有一国君，拿出一千两金子，派人去买千里马。历时三个月，花去五百金，却买回来一匹死的千里马。国君见此大怒说：'我让你买的是活马，死的千里马，花费重金买回来，又有什么用呢！'买马的人说：'死的千里马还肯付这么多钱，何况活的千里马呢？天下人必然认为大王看重千里马，我相信往后准会有人来献千里马的。'果然不到一年，那位国君收到了三匹千里马。"

燕昭王说："这都是别人用过的办法了，你告诉我还有什么用处？”

郭隗接着说：“昭王您若真诚求士，可先从隗开始。隗虽能力不强，然能得此重用，那么强于我的人岂不千里往燕。”

燕昭王沉思了半天，他想，重不重用郭隗呢？他给我出这个主意是想乘机做官呢，还是真的可以招来天下人才呢？转念一想，既然我想听人建议，就不应该怀疑别人的用心。于是，燕昭王便拜郭隗为师，并在今天衙门口村附近，为郭隗建造了一所美丽的宫室——碣石宫，以此表示他礼贤下士、诚招天下人才的诚意。这件事的反响很大，许多有识之士纷纷从各地前往燕国，有从赵国去的剧辛，从齐国去的邹衍，从魏国去的乐毅，可谓人才济济，燕昭王都拜他们为客卿。

燕昭王求得乐毅、剧辛等人才后，礼贤下士，虚心听取他们治理国家的意见，吊死问生，扶助农桑，与百姓同甘共苦。经过28年的励精图治，燕国医治了战乱创伤，走上了殷富强盛之路。

讲 述 人： 关续文

整 理 人： 杨金凤

# 药王孙思邈

古道磨石口传说

京西蟠龙山在永定河边上，离水近的山，风水好，各种药材长得也好。磨石口村的不少人家都到山上采药材，有的自己家开药铺自己制药卖，也有的采了药材卖给别人。瘸腿的柳贵就是靠采药材卖钱养家，他家里很穷，爹妈都有身疾，只能躺在床上靠柳贵养活。

这天雨后，天刚放晴，柳贵就背上背篓，拿着砍刀上了山，一瘸一拐地去采药。路上，他遇到一个流浪的老翁，自称也是到山上来采药的，柳贵就和这老人聊天，两人一边聊一边挖药材。晌午的时候，柳贵看老人没带干粮，就把自己带着的贴饼子给了老人半个，两人在山里的一棵老槐树下歇着吃饭。

柳贵好奇，问老翁从哪儿来的，采什么药材，医治哪种病。老翁说，自己采药是要给天龙看病，柳贵一听老翁说天龙，立刻明白了，问是不是当朝天子，老翁说正是，说皇帝患了一种怪病，不能坐不能

◎ 蟠龙山老槐树 ◎

站，连上朝都上不了，批奏折都躺在龙床上。皇宫里的御医想尽办法医治都无效，现在他缺一种药，所以才从皇宫里到这几千里地以外的地方采药。这药就在漯河边上一个叫蟠龙山的地方，这山上有一眼泉，叫双眼井，只有这双眼井边上长的药材才能起效。老翁长途行路，疲惫不堪，唠叨着就睡着了，柳贵吃完了半个贴饼子，起身往几里地外的一个泉水边上走，他来到双眼井跟前，四下寻找药材，可井边的那些东西根本都不是药材啊。柳贵仔细琢磨，哪个是药材。突然一个身影从井里飞出来，直向远处树林飞去，很快便不见了踪影。柳贵往井里一看，原来井壁生出一丛丛绿茸茸的草，他弯下身子去，伸胳膊到井壁上去摘，就见水中刚才那老翁的影子。老翁说："孩子，我看你心眼好，能帮人。这样吧，你把这些草药采了，送到皇宫的北门，到了那里，你就说是来给皇上送仙草的，侍卫一定不让你进去，你就大喊大叫。到时候就有人把你带进宫里去。"

第二天，柳贵背着背篓，到皇城去献仙草，果然把门的侍卫不让他进去，他就大喊："我是来给皇帝献仙草的！"不久守城的侍卫就带来了老翁，柳贵一看，正是自己昨天在蟠龙山上看见的那个老翁。老翁一摆手，示意他别说话。柳贵跟着老翁进了宫，把仙草送到药房。临走，老翁跟药房的管事儿的太监说，这药能救皇上命，你们好好赏他吧。太监立刻拿来好多银子，把柳贵的背篓压得沉沉的，柳贵谢过老翁就回了家。老翁后来用柳贵采的药，配上别的方子，治好了皇帝的病，从此柳贵以采药为生，专门往皇宫里交药，就这样，他们家就富裕起来了。最让人奇怪的是，柳贵爹妈的病也都奇迹般地好了，据说是一只鸟叼来两颗葡萄，柳贵爹妈各吃了一颗，吃完以后就能下地了。村里人说，那老翁其实就是孙思邈的化身，他是药王，没有治不好的病。

搜集整理：**杨金凤**

这天晌午，段老汉拉着骆驼进了磨石口村，他说，刚才路上听人说政府要在永定河边上的石景山建铁厂了。村里人不相信，就跑到村西南去看，果然有生人在测量地块。要占磨石口人的地，村民可不答应，大家三三两两地找到河北省议员李雅轩家，这李雅轩就住在磨石口村的中段路北。

不只村民成帮结群地来找李议员，还有个大人物要找李议员，这人就是管建铁厂征地的陆宗舆，他是龙烟煤矿和铁矿公司的督办。建铁厂要占大片的地盘，这个陆督办想弄清楚要占的地都是谁的，他就让人送信儿，请李议员到他的住处协商占地的事儿。

李议员来到了陆督办的住处，陆督办也不拐弯抹角，等李议员落座后，陆督办就说，他是受龙烟煤矿股东的委托，想要征用石景山前的土地，建京师的工业，要开炼铁厂。

李议员说，已经耳闻此事，只是村里人对占地很是反对。

陆督办紧追了一句，说你意下如何呢？让所有人不反对也是办不到的。关键是你作为地方要员，意见很重要。

李议员端起茶杯，慢慢喝了会儿茶才开口，说振兴民族工业这是好事儿，要建在石景山东边这地方也不错，有石景山，又有将来炼铁用的水，永定河就能满足了，再说炼成的铁得运送出去，这里有铁路也方便，炼铁需要电，电厂也在永定河边上，诸多方便，选这个地方倒是没错儿，可就是征地难呀，好多地都是一家一户的，要是都联合起来反对征地，恐怕就难办了。

陆督办一听李议员说得头头是道，心里就放了心，他接着说，要是给足了征地钱不就行了。

李议员解释说，不光是地的事儿，还有庙的事儿。石景山上有座娘娘庙，每年农历四月十五前后三天香火极盛，香客云集，从石景山上到北辛安，香路两边都是设摊卖货的，云集很多人。另外这石景山上还有个大戏台，庙会期间，天天唱戏，也是热闹非凡啊。更重要的是娘娘庙，总是有人来上香求子，断了香火这方圆之地的老百姓怕是不答应。

陆督办说，这不是难题，只要定厂址的时候，把庙会的地方让出来就行了嘛。关键是我们要建炼铁厂的地方是谁的产权。

李议员回答道：要建铁厂的这块地，最早是庙里的香火地，寺内僧人不善经营，就以很少的钱，卖给了北辛安、磨石口、西坟等村里的农户。

陆督办一听，说农户，好办，多给钱就是了。

李议员停顿了半天又说，现在的产权已经不在农户手上了。

陆督办说，那是又给寺里的僧人们了？

李议员答道，也没给，现在是在薛伍手里呢，这薛伍可谓是磨石口村的第一大富裕户了，当时农户们是借了薛伍家的高利贷，后来还不上钱，只得纷纷把土地都典给薛家，如今这些人无力赎回了。

陆督办这才了解到铁厂要占的地在谁手里。

◎ 2016年磨石口大街 ◎

李议员说，石景山前那块地十之六七都是薛家的，甚至北辛安的三里长街，竟也有四分之三的店铺房户都是他家的了。

京西一带有个民谣，说的就是薛伍。

"民谣怎么说？"陆督办问。

李议员就说了那民谣："磨石口街长又长，家家住着薛家的房，倘若挡了薛伍的事儿，保险明日就腾房。"

陆宗舆听到这里，说道："那改日就会会他。"

过了几天，薛伍收到了陆督办的帖子，薛伍明知道这是鸿门宴，也得去。那天赴陆督办宴请的有李雅轩、薛伍，还有宛平县县长汤小秋、北辛安的村正何庆玉，石景山庙的住持僧意珠也接到了宴请。这宴请是在哪儿呢？可不是一般的地方，是在中央公园，也就是现在的中山公园里的"来今雨轩"见的面。陆督办开场讲了振兴工业的宏图大志，敬酒的时候说，是"受了徐世昌、段祺瑞等大股东之托，开发龙烟铁矿，拟在石景山前设炼铁厂，在征地中恳请在座各位帮忙支持，有什么要求也可边吃边说，以求助事有成"。

陆督办这话一出，刚才的寒暄聊天全都没了声音，还是僧人先表了态，身披袈裟的意珠和尚说："出家之人没有奢求，只要留点香火庙会之地，有碗粗茶淡饭足矣，阿弥陀佛！"

陆督办听后道："庙产、香道，皆会保留，不必担心。"随后端着酒杯来到薛伍跟前说："也请您说说吧。"

薛伍见不说是不行了，可他也不想就这么顺水推舟地成全了办厂，而毁了自己的良田，就一副很诚恳的样子说："建厂用地，我薛伍支持，但是在石景山南大荒的永定河畔建厂，岂不更好！那里水多、地广！"

陆督办立刻就火了，他说："南大荒地，系蛤蟆坑，位处永定河冲击波上，十年九涝，怎能建厂，如今建厂方案已定，一寸也不能移动。时下宴会如此沉闷，鄙人带来一位拳师献上几套拳脚助兴！"

话落，只见那青年男子身穿紧身练功衣，道了谢意，便摸爬滚打地练了起来，闪电般的动作只看得人眼花缭乱。薛伍见其飞脚从自己面颊上闪过，眯着三角眼想道："哪里是宴舞取兴，简直是以武力威胁。"他越想越是，越是越想，最后竟神经质般地恍惚把那拳师的手掌看成了《鸿门宴》上项庄的"剑"。于是，他手捂硕大的肚皮，哎哟一声道："诸位仁兄，我肚子作痛，出去方便一下！"

在座人左等右等不见薛伍返回，才知道薛伍找借口溜走了。薛伍回到村里，煽动村民跟征地的政府斗，而李议员后来缓解了矛盾，还使磨石口村通上了电，1923年把磨石口改为了模式口，模式口成了京西的模范村。

搜集整理：杨金凤
根据首钢厂史资料改写

第 五 章

地方传说

# 磨石口

从永定河东岸悬崖上的石景山往北走，有一个小村子，叫模式口，这是现在的叫法，原来的名字叫磨石口。说起原来的名字还有一段来历呢。

◎ 磨石口村北山上旧时采石场 ◎

在好多年以前，这个地区一片荒凉。这村子三面环山，土地贫瘠，当地人民生活很是艰苦。虽说苦吧，还都有点儿穷家难舍，谁也不愿到别的地方去，就在这儿苦熬日子。有一天，突然从外边来了个陌生人。进村就高声吆喝："墨墨好使，墨墨好使。"开始，大伙都听不清，不知他说的什么。大伙围起来问他，见他从身上解下了包袱，打开一看，原来是小孩写字用的墨。说的是："墨，墨好使。"由于当地人很穷，孩子几乎没有上学的，更谈不上什么写字的了。没有写字的，也就没有买墨的了。先生来了几天，也没有卖出一块墨。但是，这个人好像毫不在乎，每天照常来吆喝。日子长了，村里的孩子也就跟他熟了，边跑边

◎ 玉米秸 ◎

跟着他喊："墨墨好使，墨墨好使。"甚至卖墨的一进村，还没张口，孩子们就先吆喝起来了。

过了十几天卖墨的先生不来了。村里有个大嫂，要去收麦子，镰刀太钝了。她想，有什么办法让镰刀和新的一样好使呢？突然，她听到孩子们的吆喝声，"墨（磨）墨（磨）好使。"便到山上找了块石头，在镰刀上磨了又磨。果然，镰刀比以前锋利多了，用起来特别好用。

大家听了这个消息，都按她的样子，从山上找石头来磨镰刀，磨斧子、磨菜刀等。这消息很快在石景山地区传开了，很多人都来上山采石。后来有人出主意，把石头弄规整一点儿，大小有一定尺寸，取名就叫"磨刀石"。村里把磨刀石销到北京，再卖往外地。这村的磨刀石便卖得出了名。穷村也变成了富村。后来村里干脆组织一帮人，专门经营这个磨石生意。为了扬名在外，他们把村子的名字也就叫成了"磨石口"了。

讲 述 人：**赵维贤**
整 理 人：**吕品生**

# 关公和磨刀石

磨石口村往西走，不远就是浑河，浑河为什么是浑的呢，人们说是关公和黑龙打斗给弄浑的。

相传，从前浑河边的人们每年都要犒劳浑河里的小白龙。有一年，知县请小白龙听戏，小白龙也没跟龙王爷说，就偷偷出来看戏了。浑河里还住着条黑龙，趁小白龙没在，就开始在浑河里翻腾使坏，为的是让龙王爷惩罚小白龙。

却说这小白龙，真就耽误了事儿，到了时辰没赶回来。小白龙就躲到一个老爷爷家，说你把我扣在缸里，等龙王让雷公电母劈完了我再出来，要不我准得被他们劈死。老爷爷一想，小白龙平时保护老百姓，降雨润土地，我得保护他。老爷爷刚把小白龙扣在缸里，就开始电闪雷鸣，这电闪雷鸣凡间的人听了没多大声，可是小白龙听了那声音可就大了，能把他震死。

电闪雷鸣过去，老爷爷想，该把小白龙放出来了。他刚把缸掀起来一条缝儿，就见一个小人儿从缸里蹿出来，小脸通红，这小人儿冲着老爷爷家的一匹大白马就去了，他一下子跳上马，顺手抄起了老爷爷家的一把长刀，就奔出了院子。老爷爷跑出院子一看，不得了，刚才那小人忽然变成了七尺大汉。那马一路狂奔而去。老爷爷纳闷啊，说我们家没马，也没那大刀，这些玩意儿啥时候出来的？

却说这骑马的大汉，一眨眼工夫来到了浑河，横刀立马一阵叫喊，浑河里的黑龙就伸出了头，只见这大汉挥刀就朝黑龙砍去，黑龙也不示弱，一伸龙角，把大汉卷进河里，就这么着，他们在河里打得昏天黑地，把一河的水都搅浑了。昏天黑地打了几天几夜，大汉也没打败黑龙，他手中的刀也钝了，他自己也累得不行，只好先退了。

大汉骑马来到了浑河边的一个村子，这村里也没几户人家。大汉就

◎ 2016年磨石口村 ◎

停马山脚下，这山就是现在的翠微山。他下马，在泉水边饮水，顺手抓起一块石头磨刀，这一磨，那刀雪光闪闪，锋利无比。第二天，大汉又去浑河与黑龙打斗，过几天再回到村里磨刀，就这么反反复复，一晃就大半年过去了，大汉也跟村里的人混熟了，村里人见他用石头磨刀，也到山上找这种石头磨刀、磨剪子什么的，很快，这里的石头能磨刀的消息就传开了。

一天，曾经救过小白龙的老爷爷到这个村里来找磨刀石，遇上了大汉，老爷爷不认识大汉，但大汉认识老爷爷。大汉给了老爷爷一些钱，是报答曾经的救命之恩，老爷爷问他是谁，他说叫关羽，老爷爷一看他满脸赤红，立刻明白了，这是小白龙投胎变的，小白龙说不能再在河里看守了，只能到岸上另寻生路。说完，赤脸大汉告别了老爷爷，飞身上马，离开了村子。

别人问老爷爷，那赤脸大汉是谁，老爷爷说，他就是关羽。老爷爷问村里人，这村子叫什么名字，村里人说，还没名字呢，老爷爷说，关羽在你们村发现了磨刀石，你们就叫磨石村吧。因为这村口有一个险要的隘口，后来就叫磨石口村了。

搜集整理：**杨金凤**

# 四大天王护法

在法海禅寺的护法金刚殿后，有四棵高大的苍劲古柏。这四棵苍劲古柏一字排开，形姿各异。其中一棵干粗叶茂，长得十分旺盛，有气冲霄汉之势。与其毗邻的一棵则主干扭曲，形似螺旋，枝干若虬龙，主枝如同猿臂伸向正南，恰似为游人专门撑起的一把大伞。最东边一棵，长得十分可怜，却又最令人称奇：它躯干长得结实粗壮，可是却没了树冠，光秃秃的老干上仅剩下两根短短的枝杈，这两根树杈偏偏又不肯向四周伸展，却将已经伸出之臂打了个直角向上方冲去。这四棵姿态迥然不同的古柏，就是法海禅寺著名的"四大金刚"树，更有人竟直呼它们为"四大天王"。

◎ 法海禅寺柏树 ◎

几百年过去了，如今它们古怪的姿态却引起了无数游人的好奇与兴趣。有人说，这四棵柏树棵棵具有灵性，就像树后殿中的"四大天王"。

　　四大天王是佛教传说中的四位护法天神，据说须弥山腰上有四座山峰，每座山峰住一位天王，护持着自己所辖的一片天地。这四位天王，又称四大金刚，他们分别是，东方持国天王、南方增长天王、西方广目天王、北方多闻天王。在寺庙的绘画和雕塑中，持国天王白色皮肤，身着白盔白甲，手执琵琶；增长天王浑身青色，手执宝剑；广目天王红色皮肤，着红盔红甲，手臂上缠绕一条蛇；多闻天王绿色皮肤，绿盔绿甲，右手执伞，左手托塔，亦称托塔天王。

　　四棵柏树由西至东排列，第一棵被称为多闻天王。这是因为这棵树有一根向南伸展的树枝，枝粗叶茂，如同一把遮阳伞。有人说这是体外生枝，而多闻天王的昆仑伞亦是身外之物，而这老树也正好与其相似！第二棵树称作持国天王，这棵树浑身扭曲，就像身上画满了五线谱，恰似持国天王琵琶的优美旋律。第三棵称作增长天王，因为它高大粗壮，犹如一把利剑直插云天。第四棵树称作广目天王，它有枝不展，却弯曲向上，恰似手搭凉棚向远观望。

搜集整理：**翠微山夫**

# 菩萨树

法海禅寺大雄宝殿前有三棵古树。三棵树中，两棵为白皮松，一棵为桧柏。

◎ 法海寺大雄宝殿前三棵古树 ◎

两棵白皮松，雄伟挺拔，高耸云天，风吹枝摇，犹如"玉龙狂舞"；那棵桧柏则躯干笔直，巍然而立，人称"武德将军"。

关于这三棵树，有人说，大雄宝殿前，原有四棵参天大树，名曰"四大菩萨"。从东向西，他们分别是地藏菩萨、文殊菩萨、普贤菩萨和观音菩萨。可是后来，地藏菩萨就不见了！原来是一天夜里，有个小和尚出去小解，就听院里有人吵架。一个粗声粗气地说，"这是我的位置！"一个声调柔和地说："这是我的位置！"两个人你一言我一语争论不休。他们的争论，惊动了释迦牟尼。佛祖化作一阵清风吹来，开口言道："你们身为菩萨还如此放不下名誉地位？都回到自己修炼的地方去吧！"打那儿以后，这第四位菩萨树就不见了，如今只留下一个空位。

还有人说，法海禅寺大雄宝殿前的四棵古树，出于长期在佛前听经习法，已经悟性大开，成了树精，有时竟然变作郎中去给人治病，此后一传十，十传百，各地到法海禅寺求医问药的人也就络绎不绝。

说也奇怪，有的人家，孩子受了惊吓得了病，到老树下磕俩头，拾几颗松子回去给孩子吃，孩子的病就好了。有的人头上生了秃疮，到殿前老树下，跪下一祷告，拾几片白皮松落下的树皮，捡几片桧柏落下的叶子，回家用白酒一泡，洗几次头，疮也就好了。这些情况传扬出去，法海禅寺的香火更加旺盛。附近人说两棵白皮松，一棵是文殊菩萨化身，一棵是普贤菩萨化身，两棵桧柏则分别是地藏菩萨与观音菩萨。一日，观音菩萨云游过此，见山间云雾缭绕，遂收住云头，仔细一瞧，原是四个树精在此作怪，于是化作一白衣老者来到天王殿前。四个精灵一见，知道事情不妙，翻身便跑。观音菩萨大叫一声："定！"几个树精再也动弹不得。观音菩萨问明了情由，见它们并无损害良民之心，并且做了诸多好事，便默许了它们为四菩萨的化身树，但限定它们只能站立在大雄宝殿之前，永不得四处招摇，再受人间香火。四个树精听后，三个树精都老老实实地站在了那里，只有"地藏菩萨"仍在摇头晃脑，好像有些不服。观音菩萨见状，拿起玉净瓶里的杨柳枝，向那树精甩去，口中念道："你若不愿在此修行，那就随我走吧。"打那以后，法海禅寺的四棵菩萨树，变成了三棵。

搜集整理：**愚　夫**

# 五

# 蟠龙山树神

在磨石口村北边的蟠龙山上，有一块清明植树碑，这碑位于田义墓北侧几百米的地方，离法海寺也就2000米，是民国十三年（1924年）立的。青石碑高1.6米，底部长0.4米，正面镌"辑威将军京兆尹刘梦庚手植"，背刻"中华民国十三年植树节"。为什么偌大的京西，连绵的山峰，只有这蟠龙山上要竖立一块植树碑呢？

相传，盘古开天地的时候，在大海里种下一棵神树，神树会发光，越长越高，照得四周都亮堂了。人们管这树叫吉祥海云树。后来大海退了，人们才看到这树长在一条盘曲的巨龙脊背上，到了秋天，大树每年都掉下一些树籽，散落在周围，就生出了更多的树，不但巨龙脊背上长满了树，连巨龙的眼眉、犄角、尾巴上也都长满了树。后来，人们管这座青松苍柏的山叫蟠龙山。

有一天，一个游走的和尚经过此地，看神树能放出万道霞光，霞光里万鸟齐鸣，满山的蝉鸣虫叫，这景象太奇幻了，于是就在这里住了下来，每天采石筑屋。可他一个人的力量太小了，大石头也搬不动，正在他发愁的时候，突然来了一群壮汉，帮他搬石头、挖土和泥，还分文不取。

和尚奇怪，这方圆几百里没有人家，这些壮汉都是哪儿冒出来的？到了傍晚，和尚挽留几个人吃饭再走，但几个人都说不饿，让他们喝水，也说不渴。和尚纳闷，怎么劳累一天，不饥不渴呢？和尚心里明白了几分。

等到几个壮汉走了，和尚就坐在神树下念经，一直念到三更半夜。突然他听到噗噗的声音，他微微睁开眼睛一看，树上的树籽落在地上，转眼就变成了一个个壮汉，这些壮汉悄无声息，到他修寺的地方干起活来。和尚感念："阿弥陀佛。"后来这事儿传开了，很多和尚都来此种

◎ 磨石口街边古树 ◎

树，很快这蟠龙山就被种满了树，他们就开始在整个翠微山上种树。许多高僧大德也到此修行。

但是，有一个皇帝不喜欢佛教，就开始灭佛，灭佛的时候把山上的寺庙和树都焚烧尽了，蟠龙山变成了秃龙山，后人为了再现蟠龙山圣境，就继续在山上种树，还立了植树碑，让后世子子孙孙都植树造林。

搜集整理：**杨金凤**

# 翠微山皂角树

从前，住在磨石口村西古隘口北边的山坡上有户人家，老太太带着个闺女过日子，山坡上开了点地，遇上灾年，肚子饿得咕咕叫。老太太瘦成了一把骨头，按说闺女秋兰能出去挣点花的，无奈闺女连件能穿出门的衣裳都没有。

有一年秋天，从山里边来了一个秀才，进京赶考的，到老太太家讨水喝，老太太病得下不了炕，秋兰衣不遮体出不了门。老太太说实在是秋兰没件得体的衣裳，没法儿出门，招待不了，让秀才站在院子的缸里自己舀点水喝，秀才喝完水就走了。

到了第二天晌午，秀才又来了，他站在门外头说，老妈妈，我放门口一个包袱，里边有衣裳，另外给您带了点吃食，也放门外头了。最后走的时候秀才告诉秋兰，山下村里的大户人家找洗衣服的仆人呢，要是秋兰身体好，不妨去试试。说完，秀才就走了。

屋里秋兰听着秀才脚步走远了，才敢出来，把包袱拿进屋里，打开一看，包着几件衣服，不是新的，也还得体，能穿出去。秋兰又把秀才送来的吃食给老母亲吃了，自己就下山到磨石口街上的大户人家当洗衣仆人去了。

打从秋兰来做洗衣仆人后，这大户人家的人出门穿的衣服又整齐又干净。一有时间，秋兰就背着篓子爬山，到翠微山的后山沟里摘皂角去，摘完背回家存起了，留着洗衣服用，大户人家见秋兰干活利索，衣服洗得是全村最干净的，也就高看她一眼，工钱自然开得多些。秋兰有了钱，把老太太的病也治好了，母女的日子过得好起来。

天有不测风云，好日子没过多久，秋兰又摊上事儿了。这天她从翠微山上捡皂角回来，天半黑的时候，在路上遇见一个靠在一块大石头上的奄奄一息的人，秋兰凑近一看，是个年轻男人，脸上、手上烂得一块套一块，秋兰是摸又不敢摸，动又不敢动，心想，这荒山野岭的，我回家还得走几十里地呢，怎么把他弄回去。秋兰咬咬牙就走了，走出二里多地，她琢磨，不能见死不救，好歹他还有口气儿呢。秋兰就又折返了回去，她砍了些树枝，顺着男人躺着的大石头斜着搭了个棚子，弄了山泉水淋在男人烂巴巴的脸上和手上。泉水一激，男人就醒了，醒了是醒了，说不出话。秋兰身上也没带吃的，从山上摘了些野果子喂给男人。秋兰最后走的时候跟男人说，你就在这里，别乱走，这山里有狼，我明天再来看你。

秋兰回到家已经很晚了，不敢给母亲说自己照顾不相识的男人来着，怕老母亲担忧，收拾收拾就歇下了。

第二天一大早，秋兰说尽好话，总算把村里的一个郎中带来给男人看病，这郎中给了点褐色的粉面，让秋兰用山泉水冲了给男人洗，收了钱就走了，后来郎中又来了几次，男人的病真的奇迹一样好了，可秋兰好不容易积攒的那点钱全给郎中了。等男人身上疥癣好了，能走动了，秋兰就带着男人回家休养几天再走，等男人来到秋兰家门口，才知道这就是自己一年前给送衣服的那户人家，男人把先前的事儿一说，秋兰的母亲也赶紧出来谢过恩人。

原来这男人就是先前的秀才，进京赶考，吃住不好，水土不服，染上了病，本想回老家，病倒在路上，亏得秋兰相救。秋兰说村里的郎

◎ 翠微山皂角树 ◎

中会看病，秋兰老母亲一听，埋怨秋兰不早说，她说她就能治秀才的毛病，把秋兰捡回了的皂角研磨成粉末就是药。秋兰听了没当回事儿，秀才可是入了心。他到了院子，用磨石口磨石做的小磨把皂角加工成了粉末，等身子有劲了，他就带上这粉末进城去卖给药铺子，时间长了，这秀才就和秋兰成亲，留在了磨石口村，专门到翠微山等京西一带的山里摘秋天的皂角，秋兰用这皂角当洗衣服的用料给人家洗衣服，秀才卖皂角粉，一家三口的日子过得好起来，秋兰管这皂角树叫神树。

搜集整理：**杨金凤**

# 夫妻树

皂角树木质坚硬能做高档家具，果实还可以洗涤丝绸和入药。北京地区的皂角树十分稀少，但在磨石口村西北的山里就生长着六棵。最东的一棵就在路边，一树两干，紧紧相依在一起，好似一对恩爱的夫妻。

传说从前西山有个货郎，中年丧妻，与独生女相依为命。这天货郎到山上给生病的女儿采药，不小心从山崖上掉下来，是一个从河北来的小伙子发现后把货郎背回了家。

小伙子到了货郎家里一看，货郎的女儿有病，货郎又摔得不能走动，两个人都需要照顾，小伙子不忍心立即就走，留下来照顾父女俩。他们像一家人一样和睦地生活在一起。

突然有一天，官兵气势汹汹地冲来，抓走了小伙子，说他是打死地主的逃犯，还说货郎一家人是窝藏罪犯的同伙，要一起抓走。小伙子见此，知道被抓回去也难活一命，于是一头撞向路边的石头。

◎ 皂角 ◎

小伙子死后，货郎的女儿日日到小伙子撞死的地方哭泣，直到哭尽最后一口气。第二年的春天，他们的坟上就长出了这棵皂角树。人们说这叫夫妻树，生不能做夫妻，死后却要长相守。

讲 述 人：李成志
整 理 人：李 琳

# 胡大胆

京西一溜边山府，坟多，磨石口在西山一溜边山府的地界儿，大大小小的坟也不少，最出名的要数田义墓了。

◎ 田义墓 ◎

从前磨石口村里头有个叫胡三儿的，人长得瘦小，跟西山里一个会武术的老头学了点拳脚功夫，仗着自己这点小能耐，时不时地在村里吓唬人，人送外号"胡大胆"。村里人都知道他的把戏，所以他不敢惹村里人，专欺负从磨石口过路的人，过路的人里他也分人，拉骆驼的、商客他不敢惹，这些人在道儿上行走多年，见多识广，他是专门拣那些路过的读书人算计。

这天傍晚，天空阴沉，看上去就要下雨了，一个外乡人打村里过，看上去是走得困乏了，在村里找住的地方，这外乡人清清秀秀，像是个进京赶考的读书人，胡三儿就盯上这人了。他把这读书人带回家，住进西厢房。读书人安置好东西，就到村里四处转悠，走着走着就进了田义墓，只见这墓地里阴森空旷，就赶紧退了出来。

读书人回到胡三儿家，问起田义墓的事儿，胡三儿把田义墓说得鬼怪出没，没人敢进去，这磨石口方圆十几里的地方，也就他胡大胆一个人有胆量进去溜达。说着说着，话头就拉到跟读书人打赌上来。胡三儿说，如果半夜读书人敢进田义墓走一遭，他就免了留宿的钱，要是读书人在墓里走半截儿吓回来，就出双倍的留宿钱。读书人慢吞吞答应跟胡三儿打这个赌。

　　半夜子时，读书人进了田义墓，只听山风呼呼刮着，脚下的荒草里有什么东西在东蹿西蹿，北边不远的山上有狼叫声。

　　读书人从棂星门往后走，中间是石门，只有一个小旁门虚掩着，因为白天来过，读书人就推门进了后院的墓区，哪知他刚一脚迈进小门，咔嚓一声大雷，立刻电闪雷鸣，借着闪雷，读书人看见一个火球往他这边滚过来，读书人闪过火球，紧贴着墙根蹲下，火球一边滚，还不停嚎叫"哇……哇哇……鬼爷饶了我吧……"就在这时，一个什么东西冲着读书人砸来，读书人用手一摸，软绵绵的，再仔细一摸，是只鞋，读书人似乎明白了什么，只见那火球滚到东墙根不远的一口水井里，随着咕咚一声响，水井里又传出鬼哭狼嚎声。读书人把鞋揣在怀里就出了小门，一路小跑着回到胡三儿家。

　　没多大工夫，只见胡三儿惊魂未定地从外面回来，浑身上下滴着水。进屋看读书人静坐在屋里借着油灯看书，就问："你回来了？"

　　读书人说："回来了？你这是怎么啦？"

　　胡三儿结结巴巴："外头……外头下雨了。"

　　读书人指着胡三儿穿着一只鞋的泥脚问："你脚上的鞋呢？"

　　胡三儿哆哆嗦嗦说："鞋……跑丢了，下雨，往家跑，丢了。"

　　读书人说："我去田义墓了，转了一圈儿就回来了，里面也没什么害怕的事儿，你看我这住宿钱？"

　　胡三儿也不问读书人到底进没进去，前言不搭后语地说："免了，免了。"嘴里唠唠叨叨就回了自己屋："真是撞见鬼了，还是个太监鬼。"

　　后边不说大家伙儿也能明白，胡三儿是想吓唬读书人，收人家双倍

地方传说

153

的留宿钱，他自己先进了田义墓，想装神弄鬼，哪知不巧一个霹雷劈着了树，火又燃着了荒草，胡三儿躲藏的荒草也被烧着了，他打滚灭火，又掉进井里，幸亏他命大，还能毫发无伤地回了家。

第二天早晨，胡三儿醒了以后，一出门口，绊了一脚，低头一看，正是自己夜里丢的那只鞋，吓得他头发根儿都立起来了。冲到西屋一看，读书人已经走了，桌子上留了一张条子："胡大胆，你别怕，谢你收留屋檐下。田义太监不闹鬼，闹鬼之人自惊吓。小姐我赶路不告辞，送你只鞋守着家。"

胡三儿心里打鼓，昨天住我这儿的是个女的？不不不，女鬼？我这只鞋怎么回的家呢？

从此胡三儿再也不敢进田义墓了，也不像原来那样显摆他那点功夫了。

搜集整理：**屈　丽　杨金凤**

# 九

# 窑神

磨石口村的煤好，有传说连太后娘娘都用过磨石口的煤呢。民间认为，煤窑出煤好，是因为窑神帮忙。

相传在明代的时候，磨石口村有个叫黑汉的小伙子，干活儿不惜力气，好多煤窑都抢着雇用他。他家里就一个老母，家里供着神码子，就是刻板上印的窑神纸像，上边写着"煤窑之神"。当时也有的窑神庙供奉的是彩色的塑像，老百姓家一般是供奉神码子。这神码子上的窑神是个黑脸儿，端坐，脑袋上戴着官帽儿，穿着黄袍子。黑汉这次的雇主家是磨石口村里的采煤大户，人家供奉的窑神讲究，是座立像，头上戴着的是金色儿的盔头，身上穿的也不是袍子，是铠甲，亮光闪闪，左手拿着开山斧，右手倒提这一串铜钱。民间流传着《窑喜歌》："拔道如同佛爷龛，龛里头供着神三位，山神、土地、窑神在中间，各位要想认识祖师爷呀，您就顶灯、挂镐，倒提一串钱。"那这窑神是谁呢？京西人传说，这窑神是一个做过窑工的人，多少次在窑里大难不死，成了神，窑工们就开始祭拜他，求他保佑自己进窑也能安安稳稳地出来。

据说这窑神的铠甲闪得光越亮，那煤就越好。所以黑汉每天都在窑口的拔道处窑神龛跟前摸摸，他一摸，别人也学着摸，窑神身上的铠甲就越来越亮，窑里的煤就越来越好，雇主家的钱就赚得更多了。这雇主是个明白人，钱多就多给煤工点钱。正月初五是大多数煤窑开工的日子，窑主更是给窑工吃好的喝好的，所以磨石口这口窑，不但煤好，窑主的口碑也好。天有不测，一次黑汉到别的窑上给人家帮忙，窑塌，给埋里头了，所有京西老百姓说每口窑的窑神是认人的，不能乱到别的窑上干。黑汉死了以后，磨石口的窑主还一直帮照着黑汉的老母，直到老人家去世。

搜集整理：**杨金凤**

# 金头女坟

翠微山下，有很多的坟，磨石口村东北角有个礼王坟。相传，十三妹打仗的时候曾在这里安营扎寨过。礼王坟是个山包，沿着山往西走几百米就是磨石口，这山和磨石口的山是连着的。

十三妹来到京西磨石口，要给她爹报仇，那仇人得了信儿，就躲在翠微山的石洞里，仇人得知十三妹从山东学成武艺回来，找他报仇，就勾结了官府的人捉拿十三妹。十三妹也不是一般人，她到各个村里给村民讲这仇人祸害很多清官和百姓的事儿，大家想想自己家的人曾经被害过，纷纷来帮十三妹。十三妹招兵买马，聚草屯粮，修城筑堡，杀富济贫，很快十三妹的名声在京西一带大振。朝廷一看，这十三妹要成气候，就给了十三妹的仇人一批粮草，令其剿毁十三妹的人马。十三妹虽然有磨石口天险坚守，但剿匪的那些官兵武器好，就这么着在礼王坟那个山头上开了战，从磨石口一直杀到狼山，从狼山一直又杀到烘炉山，最终十三妹寡不敌众，被围剿的官兵割掉了脑袋。当地人都受过十三妹的好处，就攒钱给她做了个黄金人头，说是黄金头，其实就是用黄金包的外层，里边是磨石口村的一个铁匠给做的铁头，但民间老百姓都管它叫金头十三妹，后来这金头就埋葬在了磨石口东北礼王坟的那个山上，据说一到太阳好的时候，人们就能看到那座山顶放金光。

讲 述 人：曹玉兴　吕品生
整 理 人：杨金凤

# 张王氏改邪归正

相传很久以前，在磨石口村里，住着一户人家。夫妻恩爱，生有一子，取名叫其里。一家人勤劳治家，丰衣足食。谁知好景不长，妻子暴病身亡，留下了年幼的儿子。无奈，父亲只好娶了个继母。这位继母还带来了一个男孩，比其里小，于是就取名叫其外。

日子过得很快，其里和其外都渐渐地长大了，这时，狠心的继母开始为自己的儿子其外打算了。因为其里是长子，继母却总想让小儿子继承家业，便对其里怀恨在心。一天，继母躺在床上哼哼唧唧个不停，其里的父亲忙上前问道："你这是怎么了？是不是病了？"继母支吾了一会儿说："唉，我这心口痛得厉害，昨天做了个梦，梦见仙人告诉我，这病不治好，三天以后必死。"其里的父亲大惊，想到前妻已死，如今后妻再死，两个孩子岂不没有了母亲！

◎ 民居 ◎

连忙说道："还是请个高明的先生看看吧，要是能治好病，花多少钱都可以。"其里的继母却说："不用请先生了，昨夜仙人已托梦说只有用大儿子其里的心做药引子，这病方可好转。"

父亲生性懦弱，悲痛万分，但又怕后妻真的死了，留下两个孩子没有依靠。可做父亲的怎么能杀亲生儿子呢？想来想去，只好打发其里逃到外乡躲避起来，自己到集市上买了一条狗，悄悄地把狗杀了，取出狗心煮熟，端到后妻跟前。那恶毒婆娘心中暗自欢喜，以为真是其里的心，三口两口便把那心吃掉了。此时，其里的父亲心里全明白了，这妇

古道磨石口传说

人哪里是什么心口痛，哪里有什么病，目的是想谋害大儿子啊。其里的父亲内气心闷，又不能说破，没几日，就病倒在床上，心口疼痛难忍，吃什么药也医不好。

继母慌得不知所措，只好天天烧香叩头，求菩萨保佑。眼看着其里父亲的病一日比一日重，没有好的希望了。一天，门口来了个走江湖的郎中，说是有祖传秘方，专门医治心口痛。其里的继母心想：病急乱投医，求这郎中看一下，也许真能治好丈夫的病呢。于是，她便把郎中请到家中，给丈夫看病。只见那郎中把了一个时辰的脉，随后开出药方，递到后母手中，说道："这味药方，必用你儿子的心做药引子，病人吃了才能好转，否则，不出三日病人就没救了。"继母听后，吓得魂飞魄散，心想，该不是自己害人之心的报应吧。想到这，抬眼一看，那看病的郎中转眼不见了。继母吓得连忙跪倒在地，知道郎中是菩萨所变，连忙向西方叩头不已，求菩萨饶恕。

郎中走后，继母吓得躺在床上，三日吃不下饭，合不上眼。越想越感到罪孽深重，她后悔万分，勉强从床上起来，烧香求菩萨饶恕她一次，愿意重新做人。然后，她又跪在其里父亲的床前，痛哭流涕，求他宽恕。她说，如果其里的父亲能宽恕她，求菩萨给她一次重新做人的机会，只要留给她亲生儿子其外一条活命，她宁可离家乞讨。其里的父亲见她诚心悔过，便把事情的原本告诉了她，继母听完，得知大儿子其里逃到外地避难，并没有死。她又暗自感谢菩萨，使她吃的只是一颗狗心，否则罪孽就更深重了。她请求把其里从外地接回家中，愿意像亲生母亲一样对待其里。

其里的父亲听罢她的一番话，心里顿时感到不那么憋闷了，心口痛也减轻了许多，甚至还能喝进一点汤水，加上继母的小心侍候，病竟渐渐地好起来。其里的父亲病好以后，立即把在外乡避难的儿子其里接回家中，并带着一家四口人，给菩萨烧香，感谢菩萨的大恩大德，帮助继母改邪归正。从此，一家四口人重新生活，过着幸福和睦互敬互爱的日子。

搜集整理：吴　青　朱克林　田　飞

# 铁胳膊和铁脚

京西一带习武的人多，骆驼队来来往往，就有高手跟村里功夫高的人交手。磨石口村北边山上过去住着个采磨刀石料的，常年干力气活儿，力大无比，都说他一只手可以举起200多斤磨盘大的石块，时间长了，人们就叫他铁胳膊。法海寺远山门前有个面茶铺子，这天，一个背着包裹的大汉坐在面茶铺子吃饭，就听过路拉骆驼的七嘴八舌夸一个人，那人是个七尺大汉，铁塔一样，胳膊跟骆驼腿一样粗，人们都毕恭毕敬地叫他铁胳膊。

背包袱的大汉紫铜脸，人不粗壮可身板硬实，两目放光。紫铜脸汉子哼了一声，铁胳膊听见这一哼不大对劲儿，明显是瞧不起他。拍桌而起："怎么啦兄弟，面茶灌鼻子里了？"

紫铜脸大汉眼皮都没抬，又哼了一声。铁胳膊是个火暴脾气，噌地就一把上去把紫铜脸大汉从板凳上拎起来，举着扔到路边。这时候围上来好多人，个个拍手叫好，夸铁胳膊好力气。

铁胳膊端起面茶扬扬自得，仰起脖子正要喝的时候，只见坐在地上的紫铜脸大汉一伸左腿，一个扫堂腿就让铁胳膊倒在地上了，面茶泼了一脸。大伙儿仔细一瞧，妈呀，那紫铜脸大汉穿的是一双铁鞋，两只鞋光亮亮晃眼。刚才起哄的人一下子全闭嘴了。紫铜脸一跃而起，扔下一句："你拿鼻孔吃饭的吧。"起身就往东走。走起路来，脚上的两只铁鞋就跟穿着茅草鞋一样，步子轻飘飘的。大伙儿就对铁胳膊说："你遇上对手了，你铁胳膊看来跟这铁鞋前世有过节儿。"铁胳膊仗着人熟地熟，不服气，说早晚要收拾紫铜脸大汉。

紫铜脸大汉没走，就在村里住下了，住在承恩寺墙东边的城门楼子里，那城门楼子北边有块大石头，他就躺在石头上睡觉，什么也不干。时间长了，村里的孩子叫他铁脚。没几天，就是天泰山庙会了，敲敲打打声从磨石口村东边传过来。村里人知道，这是走会的队伍来了。一会儿的工夫，村里看热闹的大人小孩都从家里跑出来，铁胳膊也来了。来到东边的过街楼一看，过街楼下的洞口立着一块牌子，上面写着："在此借路，停脚献档。"铁脚明白，这是铁脚干的，牌子的意思是，你从这磨石口街上过，就得停下来表演一番才能走。磨石口村的人实诚，祖祖辈辈传下来的习俗，从街上过的走会的，都是送茶款待，哪有硬喊人家在这表演的。铁胳膊伸出两根手指头，把上百斤的大牌子扔到路边，铁脚闷声不语，冲着大牌子一踢，又准又稳，那牌子又回到原位立在那儿。铁胳膊再过去，把大牌子扔一边，铁脚又踢回去，就这么来来往往十几个回合，看热闹的人喊开了："别闹了，别闹了，走会的过来了。"

走会的已经到了过街楼洞前，铁脚一跃就上了过街楼顶，对着下边几支要从街上过的走会队伍说："从今儿开始，凡是从这街过的香会，都得在街上耍一遭再走。"铁胳膊在下边是干着急，他虽然说力气大，可他轻功不行，上不去楼顶。哪知这些过路的花会队伍，不争不吵，规规矩矩，一支接着一支地在街上献档表演。到了最后一支队伍进街，半天也没起锣鼓家伙，铁脚问："你们要破我刚立下的规矩不成？"

这队的督管赶紧上前说："兄弟莫火，我们是有难处。"

铁脚问："什么难处？"

督管说："我们那打镲的拉稀跑肚，你看，那两个人搀着的就是他，镲也半道掉河里了，没镲，缺家伙儿点儿啊。"

铁脚说："我打镲。"

说罢，铁脚又躺回到大石头上，头朝北，脚冲南。只见他伸起两只腿，两脚冲天，穿着铁脚的两只脚一碰，发出哐哐的镲声，其他吹鼓手们一看，赶紧应和起来。花会队伍听见鼓点，也跟着表演起来，有舞龙的，有踩高跷的。这队伍一边演一边往西走，走出几里地，到了天泰山，那磨石口东北过街桥下躺着的铁脚还举着双脚冲天伴奏呢。

从此以后，所有的花会队伍经过磨石口村的街道，都要在街道上表演献档，村里人有热闹看了，都来感谢铁脚，给他送吃送喝的。那这

◎ 磨石口村村民乔守恂讲述传说，墙为村落东口古墙 ◎

铁脚后来是怎么离开的呢？传说是铁胳膊一直不服气，来和铁脚比试，两人打赌，只要铁胳膊把铁脚举起来，铁脚就认输离开。铁胳膊就让铁脚躺在几百斤的巨石上，只见铁胳膊铆足力气，哈腰，伸胳膊抱住石头，憋足气，把石头抱在胸前，骑马蹲裆一举胳膊，连石头带人，一起举过头顶。哪知这铁脚在半空中还是较劲，说铁胳膊就是个莽夫，有力无智。铁胳膊一生气，把石头扔了出去，一下就扔到了翠微山上，据说翠微山上那块写着翠微山的大石头，就是铁胳膊扔出去的。另外有村民说，铁胳膊把铁脚扔到狮子窝了，狮子窝那个"佛"字就是铁脚刻的，因为他后悔自己太狂妄，就想在山上修行，刻下了"佛"字。此后那铁脚再也没到磨石口来，而花会过磨石口献档的习俗却流传了几百年。

讲 述 人：乔守恂　杨文才

整 理 人：杨金凤

# 磨石口九头山子

磨石口村南有一座小山包，山上有一片茂密的果树林。这一片果树林被一个姓赵的财主霸占着，时间一长，人们就称这小山为赵山了。清光绪年间，门头沟的阎六买了这块地方，在这里修了一个很气派的墓地。从此之后，这里又多了个名字"九头山子"。阎六排行老六，靠贩盐起家，他做买卖总是笑口常开，背地里却心狠手毒，人们送他个外号，叫作"笑面阎罗"。

那年夏天，阎六半躺在树荫下的躺椅上，喝着茶水，看着街上的景色，甚感惬意。躺了一会儿，一阵困意袭来，忽觉身子飘飘腾起，眼见得身下的大地在向后移去。他心里暗自思忖：我又未生双翼，如何就飞起来了？一会儿，只觉到了一个地方，只见在一座巍峨的高山下，有一个小小的土丘，其形状颇似一把钥匙，而钥匙的尖端又恰好指向村北的一座古老禅寺。土丘四周都是各种各样的果树，树上结满了五彩缤纷的

◎ 磨石口村银杏树 ◎

果实，非常诱人。这时，他的耳边忽然响起了一个声音："生当万贯，死当九头。"他左右寻觅，不见有人，却见一条巨大的青蛇从草丛中钻了出来。他心里一急，撒腿就跑，两条腿却走不动。那蛇来到他的面前，猛地扑了过来。他身子猛地一挣，吓出一身冷汗，定神一想，原来是南柯一梦。他坐在那里，沉思良久，不解其意。

一日，阎六忽发游兴，亲自骑了马，整天在京西一带游山玩水。当他来到赵山，登山一看，恰是自己梦中之境，于是找到了赵财主，花了大价钱，将此地买了下来。此后他请人设计出一座大坟，找了一些能工巧匠，便开始施工。一年过后，墓修成了。大坟有一个月牙形高台，月牙台正面九个宝顶，中间高两边低，弧形排列。墓台四面围有小河，称作月牙河。阎六看后，猛地想起那日中午的梦境，心中暗想：我那日梦境中明明有人言道"生当万贯，死当九头"，难道这"九头"就应在这九个宝顶上了吗？心里一边暗自狐疑，一边暗自高兴。这件事很快传到了皇帝耳中，皇帝大怒道："天子也不过九五之尊，一个盐贩子竟敢欺君罔上，给我抓来，我倒要看看他长了怎样的九个头。"于是将阎六抓来，当即枭首，坟却留了下来。

后来，阎六的后人偷偷地收了他的尸体，埋在坟中。当地人把月牙台和九个宝顶称作九头山子。到了清宣统年间，有一个南方人，在磨石口的店里住了下来，每日昼伏夜出。

一天夜里，明月高挂，这南方人穿好衣服，背了包裹，从店中走了出来。他七拐八拐，来到九头山子前，围着九头山子转了一圈又一圈。店主人见此人行为蹊跷，便跟在后面。月光下，只见那南方人轻轻登上九头山子，在中间山子下的平台上坐下，从包裹里拿出一棵白菜。店主人借着月光，仔细看去，这棵白菜从里到外，放射出一种淡绿色的光芒。随后又见那南方人拿了个什么东西在平台上摆好，口中念念有词。不一会儿，一只放着金光的蝈蝈，从坟里爬了出来，振翅叫了几声，那南方人也学着蝈蝈叫了几声，那蝈蝈便三跳两跳，跳到白菜上吃了起来。

那南方人见蝈蝈吃到好处时，便用手将蝈蝈死死扣住。就在这时，只见南方人手中的蝈蝈，竟变成一只三寸多长纯金的蝈蝈了。南方人急忙将蝈蝈装入口袋。接着，又见一只纯金蝈蝈从坟里跳了出来。店主人一见，不觉"啊呀"一声，那只刚刚钻出来的金蝈蝈，猛地跳了回去，南方人也吃了一惊，便乘着夜色急忙逃去，不知了去向。现在九头山子早已不复存在了，但这个名字和这个故事，一直流传至今。

搜集整理：**浩 吉**

# 偷龙王

　　磨石口村有座龙王庙，曾经有个偷龙王的故事。过去民间有求雨的习俗，求雨要先请神，人们都跪在龙王庙的神像前烧香祈祷，十里八村的选一个有威信的老人念叨着："一炷香请天公，二炷香请帝王，三炷香请愚公，四炷香请龙王……"

◎ 京西龙王庙 ◎

　　相传，有一年请龙王的时候，磨石口村里有个傻子，吵吵着非要由他灌葫芦。灌葫芦就是所有参加求雨的人，都把事先已经做好的带塞子的葫芦上的塞子拔开，然后接了龙王庙旁边的山泉水灌进去，等葫芦里的水满了，再把塞子塞好，带上。这次因为傻子捣乱，一些人的葫芦里泉水没灌满。最早的时候，龙王庙供着的可不止一条龙，有黑龙、白龙、青龙、黄龙、火龙，还有雷公以及电母，一共七尊神像。大伙儿带着装了水的葫芦就在龙王庙跟前，等着偷龙。按照往年的习俗，都是偷白龙，上千年都是偷白龙，哪知这傻子在别人偷了白龙出来以后，他又把黑龙偷出来了。河边的人都认为白龙是降雨的，黑龙是作孽的，这可怎么好，因为偷出来的龙是不能当时送回大殿的，还必须给它举行完仪式才能送回去。有老人就叹气，这下可要遭殃了，干脆这龙王今年别请了，也有的说，白龙祖祖辈辈都请，能压住黑龙。

求雨的人浩浩荡荡地抬着龙王，走到龙泉寺门口的一个大碾子跟前，碾子上方早已经搭好了大棚，抬白龙的人要把白龙王放在碾子上，哪知傻子抱着黑龙王坐在了碾子上，任凭人们怎么轰他也不走，大伙儿又怕他摔了抱住的龙王，只得任凭他犯傻。然后大伙儿就上供、烧香、磕头、念经。这傻子抱着黑龙王坐在碾子上，也被当神仙供起来了。人们不断许愿，说如果老天真的下了雨，就杀羊供奉龙王，还愿。

这年，老天还真就下了雨，不过这雨下得有点奇怪，村南边下的是毛毛细雨，村北边下的是瓢泼大雨。而在碾子上供的白龙是在村南边，傻子抱着黑龙王在村北边。雨也求来了，该还愿了，村里人抬着白龙，抬着羊，到龙王庙还愿，先是把龙王放回原来的地方，把抬来的羊头冲着七尊神像，等着神像认，抬着的人要等到羊在神像跟前全身抖动，可这羊就是不抖身子，大伙儿等了两个时辰还是不抖，也没有羊毛落下来，因为只有羊毛落下来才能证明是白龙收下了供奉。按照往年的习惯，羊再不抖，就要往羊身上泼水，让羊抖下羊毛，这样算是神认了羊，才能在龙王庙的院子里把羊杀了，再把肉、骨头、羊头、羊蹄子等放进大锅里炖熟了，然后家家户户拿着自己家那份肉回去吃，就算是祈雨成功了。哪知今天，人们往羊身上一盆一盆地浇凉水也不抖也不掉毛，神仙不认，羊就不能杀，不能杀就不能炖，这祈雨就不能结束。正在大伙儿着急的时候，傻子抱着他的黑龙来了，脖子上还挂着一只兔子。只见他把黑龙放回神台，再把兔子从脖子上取下来，对着兔子啐了几口唾沫，这兔子的毛就掉得光光的，他很高兴，说黑龙认了他的兔子，就开始杀兔子，炖兔子。

有人就说，不然让傻子往羊身上啐唾沫，看是不是羊身上也掉毛，很多人都不同意，说给龙王的羊，怎么能啐唾沫呢。又过了两个时辰，人们都累得不行了，可傻子一个人吃着香喷喷的兔子肉，馋得人直流哈喇子。这时候有个机灵的小孩，把傻子嘴里吐出来的带着唾沫的骨头往羊身上一砸，羊就哗哗地开始掉毛，大伙儿一下子高兴了，杀羊，炖肉。到了第二天，大伙儿说起傻子的事儿，结果傻子不见了。后来有人老是在龙王庙附近看见他，但都是一个影子就不见了。有人说，其实那傻子就是黑龙，他看到人们千百年来老是祭拜白龙王，冷落他，就想出了这个主意，折腾祈雨的人。

搜集整理：**杨金凤**

# 磨石口村大牛

在法海寺西边几十米处有一个寺，叫龙泉寺，寺院西边山崖下有一口井，磨石口村的人都说这井水是从西山的大山里流过来的，水特别的甜，有些村里喝苦水的人就老远到这里来挑水。

相传，从前有一家人，丈夫大牛靠开采山上的磨石，卖了养家。妻子山菊多年不生养，大牛就到处讨药，给妻子看病。一天大牛买药回来，在山路上见到一条冻僵的蛇，这时候天上正飘着雪花，大牛想，这要一落大雪，病蛇还不得冻死？大牛就在路边扒拉了个草棵子，把蛇放进去，又给它盖上一把草才离开。

晚上大牛给妻子熬完药，妻子久病，老闹脾气，两人因为一点儿小事拌了几句嘴，大牛一生气，出了家门。

◎ 2015年3月笔者采访磨石口村91岁村民刘晏 ◎

说也怪了，大牛心里老是惦记那条病蛇，摸黑上了山。晚上山里黑洞洞的，各种奇奇怪怪的叫声，大牛心里有点害怕，还是壮着胆子深一脚浅一脚地找到了那蛇待的草棵子。他翻开草一看，蛇不在了。他四处找，一边找一边唠叨："小白蛇，你上哪儿去了？找吃的去了？我给你带来了。"大牛就这么一边唠唠叨叨一边找，一直找到天亮，等他转悠了半个山，再转到昨天搭蛇窝的地方，那小白蛇已经回到窝里了。

　　看着大雪封山，大牛就把小白蛇暖在袖子里，带下了山，走到半山腰，眼瞧还有几百米就到家了，他冲着小白蛇说："我不能把你带回家，我老婆怕蛇。"

　　这时，大牛正好走到一块大石头凸起的山崖下，这山崖下是他们平时打水的泉水井，大牛就在井上边悬崖上掏个洞，把蛇放进去，临走的时候说："你先委屈在这儿，我每天打水来，给你带吃的啊。"

　　回到家，大牛睡到半夜的时候，听见有个小孩管他叫爸爸，大牛高兴得不得了。第一天一大清早，一个讨饭的老头上门，大牛给了讨饭的一碗饭，自己只是喝了点水充饥。讨饭的吃完了不走，跟大牛拉东扯西，大牛急着出门干活，也不好意思催，讨饭的看到从外面回来的山菊，就一个劲儿恭喜，大牛说你恭喜个啥，我们家要吃没吃，要儿没儿，房子四面透风，园子荒年无果。讨饭的说："你们有喜啊，家有龙子要降临了。"大牛说："老人家，我家连个凡夫俗子的香火都没得着，上哪儿找龙子去？"讨饭的也不多说，抹抹嘴起身就走，大牛赶紧把仅有的半个菜团子也送出去，说："老人家，大雪天，您慢点，这个也带上吧，家里不富裕，就还有这口粮食。"老头也不说客气话，拿着半个菜团子就上了山。

　　大牛回到屋里，看着山菊发愣，山菊说："你傻看着我干吗？"

　　大牛说："你好像胖了，要不上对门郎中家看看去。"

　　郎中一看，秋菊怀上了。可把大牛乐坏了。村里人都来问，大牛思来想去，说自己平时也没做过什么大好事，就是救过一条蛇，给过讨饭的老头几口热乎饭吃和半个菜团子。村里人说大牛这是行了善缘了。

　　十个月后，山菊生了俩孩子，龙凤胎，儿子叫小龙，女儿叫小凤。

等孩子长到三岁多了，这小龙老是到山泉井边上玩，几次掉到井里，大伙儿救上来，还老是死不了。村里有迷信的人，说这小龙可能是天上龙王的子嗣，大伙儿就更对小龙另眼相看了。又过了半年多，当年那个要饭的又来到了磨石口，就住在泉水井边上，用井里的水配了药方给四邻八乡的人看病。这泉水能治病的消息越传越广，人们为了给看病的师父一个安身的地方，就在井水边盖了几间房子。有一次皇上到京西来游玩，途中病了，正是这老人给他看好的。皇上一看这泉水能治病，就在这里修了个寺庙，起名龙泉寺。据说看病的老人收了个徒弟，就是大牛的儿子小龙。不久老人过世，小龙就成了远近闻名的神医。

搜集整理：**杨金凤**

# 王婆得女

京西一带，有给孩子洗三儿的习俗，意思是求得一生安稳。洗三儿的时候要专门请人来主持仪式，有个王婆就是干这个行当的，挺有名。相传，一个大户人家，请了王婆来给孙子洗三儿。这天，亲戚都来了，带着贺礼，鸡蛋、小米、红糖、核桃、大枣和小孩的穿用。这家人在院子里摆放了大桌子，预备了洗三儿面。一切都准备妥当了，王婆却是左等不来右等不来，这家人就派了伙计去找。

◎ 2016年磨石口村户 ◎

伙计走到山坡下，看到王婆一脸大汗，摇摇晃晃，伙计赶上前去搀着王婆，王婆在路上一直嘱咐伙计，千万别跟主人家说她病了。到了大户家，正房里已经设了香案，上边供奉着碧霞元君、琼霄娘娘、云霄娘娘、催生娘娘、送子娘娘、豆疹娘娘、眼光娘娘等13尊神像，香炉里盛着小米，插着香。香炉下边还压着纸元宝，孩子的母亲住的屋子里，供着炕公和炕母的神像。眼看着已经到了中午，大伙儿都到院子里吃饭，可这王婆连一口也吃不下去，脸色一阵阵发黄，她用扇子一个劲儿捂着。

总算等到吃完洗三儿面了，王婆先让本家的长辈女主人上香叩头，然后把一个铜盆子摆放在炕上，这铜盆子里是用槐树枝和艾叶熬的汤。接着就用鸡蛋在孩子脸上滚几下，说："鸡蛋滚脸，一生无险。"这些仪式做完后，就用布把孩子裹起来包好，捆上。让家里人把所有的神像请下来，送到院子里烧了，把烧剩下晾凉了的纸灰，用红纸包上一包，放在产房的炕席下边。最后是家人给这孩子起个小名，把孩子小名写在纸上，贴在土地爷或灶王神龛旁边，以保佑孩子平安长命。上边这一套都做完了，王婆已经手脚冰凉了，只有那个接她的伙计知道，悄悄地把王婆扶到主人家的后柴房。这王婆让伙计给她端盆热水来，伙计遵命赶紧去，这王婆闭上眼睛，不一会儿，一个女娃生下来了。且说这王婆，今年已经70多岁了，怎么还能生孩子呢？传说女娲神曾经给她托过梦，只要她接生够一千个孩子，给一万个孩子洗三儿，她就能不婚而生。王婆早年丧夫，无子，一心想得个孩子，不管多累，别人给不给钱，不管穷人富人的孩子，她都尽心地接生，还给做洗三儿仪式，她接生的孩子早就超过一千个了，今天这孩子正好是她给洗三儿的第一万个，女娲神就赐给了她一个女儿，为什么不赐给她儿子呢，是因为王婆总是要死的，她死后，她女儿可以接着给村里的女人们接生、洗三儿。

搜集整理：**杨金凤**

# 宝三磨石口耍中幡

旧时，磨石口每年过"会"有100多档，是古道上最繁华的大村镇。

街上原有四座壮观的过街楼，东西各一座，中间两座。过街楼很像小城门，是由两个楼垛子托起一座楼子，下面有门供车马行人通过。楼高十来米，门洞达七八米。磨石口的过街楼至少在明代就有了，过街楼上还有法海寺第一任住持僧福寿题写的"诸恶莫作""众善奉行"的名联。现在还保持着古道的风情风貌，过街楼遗址也在。过去每到庙会之时，各路花会队伍云集磨石口，在磨石口街上耍中幡成了旧时的一大景观。

◎ 2009年，90多岁的磨石口村村民曹玉兴讲述传说 ◎

"耍中幡"是我国古老的杂技艺术，这些年人们见得少了，但在明清至民国时期，那可是杂技场上的看家功夫。中幡是一根小碗粗细、三四丈高的旗杆，上面挂一幅巨大的旗帜，旗上书写"万寿无疆"或"吉星高照"四个大字，杆上有数十铜铃。"耍中幡"由一个人表演，把中幡抛向空中后，艺人用头额、后脑、鼻梁、肩背以及手肘、膝盖等

古道磨石口传说

部位去承接。舞动时，铜铃叮当作响，旗帜上下翻飞，很远的人都能看到听到。相传清光绪年间，慈禧太后就特别爱看"耍中幡"，还把它评为72项杂技中的第一名呢！到了民国，京城"耍中幡"的高手就数宝三了。宝三大名叫宝善林，是著名中幡艺人王小辫的亲传弟子。他有撂跤的功底，腿脚麻利，臂力过人，"耍中幡"以快、冲、稳著称，用单脚踢幡上头顶的"浪子踢幡"是他的拿手好戏，轰动京城。他在哪里"耍中幡"，哪里的观众就多，从没失过手，不想有一回却差点儿在磨石口栽了跟头。

宝三怎么走到磨石口了呢？这里头有个缘故。原来，从明代开始，行香走会特别盛行。每年农历四月初一至十五，京城的善男信女们都组成"会"去天泰山、妙峰山烧香还愿，为助声威往往请杂技高手开路，宝三就是被有财力的香客请来的。那年农历四月初十，磨石口街上热闹非凡，有粥茶老会在粥棚茶棚舍粥舍茶，有燃灯老会施舍灯笼蜡烛，轿夫、商贩、舍暑药的、舍冰水的……车水马龙，进香的会众过了一拨又一拨，傍晚时分鲜果圣会才到来。人们听说鲜果圣会来了，呼啦啦就往东门洞儿（过街楼口）涌去。这鲜果圣会声势浩大是出了名的，听说里头有宝三等杂技高手，大家都想开开眼。那舞钢叉的把叉舞得哗啦啦响，走五虎棍的虎虎生风，先后神气地从门洞耍进磨石口村，可到中幡这儿可就卡住了。

"耍中幡"的正是宝三。只看他赤裸上身，腰扎红带，年纪也就30岁左右。舞动着80斤重的中幡，一会儿"前后担山"，一会儿"牙键""脑键"，中幡舞得气势磅礴，人们叫好声不绝，可就是从门洞儿里进不来。前边会众的中幡都是停下表演，提着中幡进来的。宝三可不敢，那就栽了面儿。他在过街楼前一边舞，一边就琢磨开了。这十几米高的楼子倒好办，就是七八米的厚度让他为难。也是"艺高人胆大，胆大人艺高"。思来想去，他豁出去了。只见他舞着中幡向后倒退，猛然间大吼一声，把幡向楼上抛去，跟着他飞奔进门洞儿，出洞儿后眼瞅着中幡头朝下坠落下来。就在要落地的瞬间，见他如闪电般腾空而起，脚尖点了幡杆一下。那幡杆倒也听话，扑棱一声又翻上高空，下来时可就大头朝下了，那宝三威风八面地手一拍杆，中幡竟然稳稳地落到他肩上。这一手，那真是千古绝技，为鲜果圣会拔了头份儿！据说，他得到会众赏银三百，人可是三个月没在天桥露面儿，后来也没到磨石口走过。磨石口八九十岁的老人，提起宝三这手绝活儿，至今还跷大拇指哪。

搜集整理：**门学文**

# 范小人举香炉

　　磨石口旧时街上古槐夹道，有12口水井和4座壮观的过街楼，闻名京西。它是京西古道的关键一环，运往京城的煤炭和去天泰山、妙峰山进香的香客多来往于古道之间。那里现有古民宅、老门联、老店铺、过街楼遗址，甚至还有明代的天然冰箱。几百年来，那里发生了许许多多的奇闻逸事，老人们至今仍津津乐道。范小人力举石香炉的故事就是其中的一个。

　　民国年间，京西冯村出了个能人叫范小人。他从小就失去父母，长大后靠给京城客商拉脚为生。他身材瘦小，又穷得叮当响，常受人欺负。一天深夜，他做了个奇怪的梦：有个胖和尚找到范小人，让他给掏耳朵眼儿解痒。范小人照办后，和尚要满足他一个愿望。他想自己给人拉脚，没力气可不行，就提出给他些力气。那和尚听闻哈哈大笑，用手推了他一下就没了踪影。范小人一觉醒来，感到精力格外充沛，踢墙墙倒，蹁炕炕塌，心里别提多高兴了。早晨，他牵着毛驴来到磨石口，见村西过街楼前人山人海。拉骆驼的往东行，香客们奔西来，挤得水泄不通。他可耽误不起工夫，就把毛驴举过头顶，从人群中挤进了门洞儿（过街楼门）。他轻轻松松连过四座过街楼，奔京城干完了拉脚活计。等他返回磨石口时，天已近午。他见门洞儿前依旧人山人海，就凑在人群里看热闹。磨石口村的大地主薛伍正为街道被堵发愁，看到范小人就想敲山震虎，便呵斥道："穷小子！你挤什么？滚！"要在往常，范小人早跑了，这回他可不干了。"凭什么就不许我挤？"他高声大嗓地吼开了。薛伍见他还敢顶嘴，肺差点气炸，就吆喝人来抓他。范小人来者不惧，把来抓他的人打得东倒西歪。不一会儿，十几个大汉躺在了地上。他琢磨着不能耗下去，该来点儿绝的了。两眼一扫，看上了娘娘庙前的石香炉，就飞奔过去。那石香炉是庙前镇物，汉白玉石制作，半人来高，硕大无比，戳在那儿几百年了，还未有人撼动过分毫，估摸怎么也有千斤之重。

范小人蹿到石香炉跟前，攥住炉把手双膀用力，"呀！嗨！"那石香炉竟离了地，只见他一翻手腕向上一托，巨大的石香炉竟乖乖顺顺上了头顶。他举着香炉就往人群里挤，就听呼啦一声，人群中闪开一条道儿。过去只听说过楚霸王力能扛鼎，谁也没瞧见过，这范小人算是让大家开了眼！谁不怕那香炉从空中落下？碰上可就倒大霉了。那范小人举着石香炉来到西门洞儿，放下香炉说："不让我挤？我还不走了呢！"一边说一边翻上香炉横担着身子在上面悬着睡觉。这一招，真是把整个磨石口街都震炸了。他堵着门洞儿，谁还过得去呀？大伙都怪薛伍，"你惹他干吗？我们谁走得了哇？少不得五爷您去说个软话，圆了这个场。"那薛伍富甲一方，号称"京西一霸"。他看大伙埋怨自己，心里这个气呀！再抓范小人，他可不敢了。

为了不得罪香客，他大着胆子快步上前，冲范小人一拱手："范爷！小的佩服。求您大人大量，把香炉请开怎么样？"范小人出了一口恶气，心里舒坦，见薛伍低头，更加痛快。说："挑一扁担馒头来，范爷我得贴补贴补。"薛伍只得照办。等馒头挑来，那范小人跳下石香

◎ 磨石口村民俗——养鸟 ◎

炉，大口吃起来。他把馒头攥成球，攥一个往嘴里扔一个，眨眼间一挑子馒头扔进了肚里。吃完，他单手抓住香炉把手，奋力一抛，那巨大的香炉竟飞向十几米的高空，香灰漫天飞，并沿着山路飘到八大处西北的妙峰山，成了京西有名的古香道。

搜集整理：**门学文**

# 李家蝈蝈

磨石口村的山坡上，草深林茂，据说山上草棵子里能捉到好蝈蝈。民国的时候，北平南城有个朱六爷，他有个紫红松脖儿的装蝈蝈的大葫芦，这葫芦里放进去磨石口蟠龙山的大山青蝈蝈，叫遍四九城。玩蝈蝈的主儿一看朱六爷的蝈蝈这么好，问他哪儿捉来的，朱六爷就得意地说"京西"，再问他京西什么地儿，他就悄悄附在你耳朵边上说"磨石口山上"，于是京城里的玩儿主就奔磨石口来捉蝈蝈。

磨石口的蝈蝈怎么来的呢？相传，磨石口村过去住着一个叫李大庄的人，老婆生病死了，他就带着儿子伺候老丈人和丈母娘，就靠他一个人干活儿养家，拼死拼活地干，才能勉强养活几口人，哪知老丈人又病了，没钱瞧病，李大庄只得每天天一亮就上山割草卖给养骆驼的，挣钱给老丈人治病。这天他正哈腰卖劲儿地割青草，忽然发现草丛里有一只大蝈蝈。李大庄就把这蝈蝈带回家给儿子玩。他儿子七八岁了，拿着

◎ 磨石口村村民李荣成讲述传说 ◎

古道磨石口传说

蝈蝈上街上跟村里的小孩们一起玩，地主老财的儿子一见这蝈蝈叫得好听，硬要借去玩。李大庄儿子小，脑袋瓜子好使，他也不抠门，就说："蝈蝈借你成，不过不白借，你拿粮食来换，给钱也行。"

财主家的儿子一拍胸脯说："你要钱我给钱，你要粮我给粮。"

财主的儿子拿着蝈蝈在村里显摆，别的财主家孩子见了，也跟李大庄儿子来借蝈蝈玩。李大庄一想，干脆我再上山捉一只回来，说也怪了，李大庄还没走到上次捉蝈蝈的地方，就捉到了一只大蝈蝈，李大庄把蝈蝈带回家给了儿子。财主知道了蝈蝈能挣钱的事儿，就找到李大庄，要用钱把这蝈蝈买过来，李大庄的儿子哭着闹着就是不卖，财主就派人夜里到李大庄家来偷，把两只蝈蝈偷走了。

财主把蝈蝈偷回家以后，财主的儿子就逗着蝈蝈玩。李大庄一看蝈蝈丢了，就四处找，李大庄的儿子也满村地找蝈蝈，因为李大庄的儿子跟蝈蝈待的时间长了，只要他一吹柳叶，蝈蝈就能听懂。李大庄的儿子从村东到村西，挨家挨户门口吹柳树叶，从早晨吹到天黑，走到了偷蝈蝈的财主家，蝈蝈听到李大庄儿子吹的柳叶声，开始上蹿下跳，逃出笼子，满屋乱跑。财主家少爷就满屋子追，不小心把大条案上的蜡烛碰倒了，起了火，把房子都烧了。

那两只蝈蝈，跑到院子外头，跳到李大庄的儿子肩膀上，一个肩膀一只。李大庄的儿子就带着蝈蝈回了家。

这天，李大庄又到山上割草，一个人跟他打听地主家房子着火的事儿，李大庄就跟来人说了来龙去脉，来人一听，非要买李大庄的蝈蝈，能给一大笔钱。李大庄一想，得了钱能给老丈人治病，就把蝈蝈卖了。那买蝈蝈的不是别人，正是京城蝈蝈玩家朱六爷。据说后来朱六爷专门到磨石口村找李大庄买蝈蝈。

搜集整理：**杨金凤**

# 三闺女点杏树

　　磨石山上有很多好吃的黄杏，传说黄杏是玉皇大帝的三闺女种的。玉皇大帝的三闺女比两个姐姐开朗，从天上看到人间有河有山，定要下凡看看。大姐二姐劝不住，三闺女就偷偷来到了凡间。三闺女降落在了磨石山上，飘下来的时候挂在一棵几十米高的大树上，一个在永定河打鱼的小伙子救了她。三闺女跟这小伙子回家，每天跟着小伙子划着小船到永定河里打鱼，不久就跟这小伙子结婚了，生下了一个女儿。

　　一次玉皇大帝的二女儿不小心说漏了嘴，被玉皇大帝知道了，大发脾气，派天兵来到磨石山抓三闺女。三闺女怕自己的孩子也被抓回天宫，赶紧抱着孩子往山上跑，她把孩子放在地上，又怕有蛇虫伤害到孩子，就用手指头在地上点了几下，地上立刻长出几棵树，三闺女急忙把孩子放到树上，几棵大树密枝交叉，树下看不到孩子。三闺女往相反的

◎ 2014年笔者采访王大妈 ◎

方向跑，还是被天兵给追到了，拽着她就往天界飞，当经过三闺女种树的地方，三闺女的眼泪再也忍不住了，一串串的泪珠从半空落下了，落在树上，变成了一个个又大又黄的黄杏。传说这是三闺女怕在河里打鱼的丈夫回来找不到孩子，孩子被饿死，所以才以泪化果。这个孩子长大了就爱吃黄杏，吃完的杏核落在山上，于是山上杏树越来越多，每到春天的时候，杏花开得满山遍野，据说三闺女也能在天上看到这磨石口山上的黄杏。

搜集整理：**杨金凤**

# 二月二抓福

　　磨石口西边是永定河，过了石景山，南边有座大王庙，据说是永定河治水的时候修的，那是清光绪十六年（1890年）永定河发水，洪水把广安门都淹了，皇帝就动用各路官员一起治水，真就把水给治住了。可是往后永定河还发不发大水，谁也不敢打保票，这些治水的官员就商量，在河边建一座庙，这庙虽说是为了纪念治水成功，还要请光绪皇帝亲自题个匾额挂上，实际上是为了祈求往后不再发水淹城。

　　这庙修好了以后，每年的农历二月初二都举办祈福庙会，庙会上每人可以抓福，烧香的人可在这一天求平安，求家旺。

　　磨石口村有个拉骆驼的冯四，正好这天他拉着骆驼从周口店拉煤路过，就凑热闹抓了个福，他把福挂在骆驼上往家走。走到骆驼山西边，突然从山坡上冲下来几个土匪，上来就把冯四绑了，堵上嘴，扔进一边的树坑里。几个土匪拉着骆驼就进了山里。农历二月，天冷，再加上走

◎ 老民居 ◎

了几个小时的山路，也饿。冯四没多久就晕过去了。也不知道过了多长时间，冯四觉得身上暖和，醒过来。原来那挂着"福"的骆驼不知道什么时候回来了，卧在冯四身边，紧贴着他，把他暖和过来了。

说也奇怪，堵在冯四嘴上的破布掉在地上，绑在手上的绳子也解开了。冯四顾不得多想，给这头骆驼磕头，谢这骆驼救了他一条命。冯四起来，跟在骆驼后边往家走，边走边垂泪，这一队骆驼一共七头，是他帮别人赶的，现在就剩下一头骆驼，其他的六头骆驼丢了，这可怎么办啊，把自己卖了也赔不起啊。冯四垂头丧气地回到村里，走到雇主家门口，往院子里一看，那六头骆驼好好地已经回来了。冯四遇到劫匪的事儿很快就在村里传开了，人们不知道骆驼怎么回来的，就认为是冯四抓了的"福"保佑了他。也有人说，其实那头骆驼是头神骆驼。

搜集整理：**杨金凤**

# 田义墓闹龙

田义墓里有不少的龙，都是雕刻在石头上的，磨石口村老人说，田义墓除了石头上刻的龙，还有"真龙"。那这"真龙"又是怎么回事儿呢?

◎ 田义墓 ◎

从前，田义墓东墙外头有一口老井，据说这口井里的水特别好，又甜又清凉，水是好，可后来慢慢就没人敢来这里打水了。原来是村里的董老五有一次来打水，他刚把水挑搁地上，还没等往井里下水桶，就看见井里伸进一个龙头，吓得他连水桶都没来得及拿，撒腿就跑，跑出十多米，想回去拿桶，哪知回头一看，那龙的身子已经伸到离井几米外的一棵大柏树上，龙的尾巴在井里，龙头在十几米高的树顶上盘着。董老五脸吓得煞白，村里人见到他问他怎么了，他也不敢说，怕这事儿说出去，万一龙知道了，追到家里来祸害他。

董老五回去只跟媳妇说了，女人家嘴巴碎，转脸又跟其他小媳妇们说了，就这样，田义墓闹龙的事儿没几天一条街的人都知道了。大伙儿就猜，这龙哪儿来的，可也有人说田义墓一个太监墓，不可能有龙，大不了是条蟒，因为民间有个说法儿，说是五爪为龙，四爪为蟒。有胆子大的人就跑去田义墓，数龙爪子，可怎么数都是四只爪子，久而久之，人们就说田义墓闹蟒，不是闹龙，到底是龙是蟒，没人说得清。

田义墓北山坡上住着一个孤寡老太太，挂着根破棍子，一身破旧的衣服，可是缝补得很体面，老态龙钟了，可是腰板直溜溜的，走路还快，后来只有她敢上田义墓的老井里来打水，而且每天都去。她担着水从田义墓出来以后，村里人凑上去问她看见蟒没有，她说没看见蟒，看见的是五个爪子的龙。这就奇怪了，别人都看见的是四只爪子的蟒，只有老太太看见的是五只爪子的龙。开始还有几个人跟她拌嘴争辩，慢慢时候长了，也没人跟她争了，说她老糊涂了，不识数。

这老太太也怪了，她跟村里人没什么来往，可特别有孩子缘，跟村里的孩子们有说有笑的。这天，老太太打水回来，手里托着一个泥玩意儿，几个孩子就围着她看。那是用泥做的龙爪子，爪子是五只，一帮小孩追着她屁股后头要，她就把龙爪子给了街东头的一个小孩，老太太说她是用泥巴糊在真龙的爪子上印下来的，孩子们都稀奇，争着抢着跟她要。从此以后，老太太每天从田义墓东墙外打水回来，手上都托着一个泥巴做的五爪龙爪，每次送给一个小孩，看着孩子们玩得高兴，她脸上也会有个笑模样。别看这老太太住在磨石口北山上，可没人能说清她什么时候来的，姓什么，家里其他人都哪儿去了，只是觉得这老太太一脸悲苦，从来没个笑脸，也不跟人搭讪，只有见到孩子的时候，才上前搭话儿。

磨石口村东边是刘娘府村，刘娘府的贾三有一天到磨石口村里来串亲戚，看见了老太太，立刻吓得脸煞白，因为他听老辈儿人说过，见到老太太托着龙爪子的，那就是皇帝的生母李娘娘。因为刘妃后来当了皇后，死了以后就埋在了刘娘府，有人掐算，说李娘娘早晚要来京西找刘娘娘报仇的。

说来话长，这李娘娘是个宫女，得到了宋真宗的宠幸，怀上了孩子。巧的是刘德妃也正怀着孩子，刘德妃就买通了李娘娘的接生婆，把李娘娘生的孩子换成了一只剥去皮的狸猫，而把李娘娘生的孩子藏在自己那儿，说是她自己生的。皇帝不知道真相，就把李娘娘打入了冷宫，后来得人帮助，李娘娘逃出了宫。

再说这李娘娘逃出宫以后，趁人不备，女扮男装混进了骆驼队，这骆驼队出了阜成门，直奔西山而来，过了西黄村，沿着山根走，过了杏石口、申王府、礼王坟就进了磨石口村，驼队到磨石口要给骆驼喂食、修骆驼掌，赶骆驼的人也要歇脚吃饭，李娘娘就趁机躲到了磨石口北山上。李娘娘为什么要在磨石口住下呢，老人说，她是在等他儿子长大了。后来他儿子长大了，她也老了，每天一有工夫，她儿子就从皇城里飞上天，穿过云层来到田义墓这口水井边上等他亲娘。他又怕别人认出他来，所以外人一来，他就变成了四爪的蟒，而李娘娘一来，他就成了五爪的龙。有人说这蟒是白的，可李娘娘看到的是一条青龙。老百姓说，田义墓的龙说不清，有说白来有说青，有人看的是条蟒，老太太说是青龙。

李娘娘在京西一带和儿子相聚，在刘娘府坟里的刘娘娘就不得安宁了，这刘娘娘一不安宁了，就到皇宫闹鬼，皇帝一看，这怎么办呀，只得把刘娘府的刘娘娘坟墓给迁走了。

讲 述 人：**刘绍周**

整 理 人：**杨金凤**

# 魔王争台

　　传说磨石口村附近的翠微山上曾经有一块大青石台，这青石有三间房那么大，十余丈高。到山上打草或者打猎的人，老是能看见一个白须长发的老道在上头打坐，据说这老道吃过金丹，金丹就是在翠微山的一个山洞里炼出来的。

　　所以人们就说"山上有老道，光坐不睡觉。刮风下大雨，青石浇不着"。说下大雨的时候，躲到那块大青石上就浇不着，因为大雨遇到老道绕道走。有在山里住的山民，从这里过就把从家里带的供品搁在青石头上，也见不着老道吃，多是被上山玩的孩子们吃了。

　　这年四月，赶上天泰山慈善寺上香的日子，几个小孩一边爬山往慈善寺来，一边嘴里喊着："山上有老道，光坐不睡觉。"这话让慈善寺的魔王和尚听见了，他问那几个小孩老道在哪儿。小孩就带着魔王和尚到了老道平时打坐的青石台。可巧这时候老道没在，魔王和尚见这地方不错，青石台上有古树参天，青石台背后有高崖遮挡，他上了青石台，再往远处一看，皇城就在远处。魔王暗暗想，这可是块宝台啊，于是魔

◎ 青石台 ◎

古道磨石口传说

王就一屁股坐下，开始练功。

魔王练功的办法和老道不一样，老道是坐，魔王是跳。他从青石台上跳下来，再从下边跳上十几丈高的台儿上。他正折腾呢，老道不知何时已经坐在了青石台的中间。魔王也不理睬老道，还是不停地跳，他觉得老道碍着他的事儿了，就让老道往边上靠。老道也不跟他争辩，从中间一点点往边上挪。魔王还是说老道碍事儿，老道就再往边上挪，眼瞧着老道已经挪到半个屁股悬空在青石台外头了，魔王还是嫌老道碍事儿。哪知这老道还是不还言，等魔王再次从青石台下跳上来的时候，老道不见了。

魔王暗自高兴，心想可算是把那老道挤走了。魔王撒开了练，从青石头前边挪到左边往上跳，又从右边往上跳，实在觉得没什么意思了，就学着刚才老道的样子打坐，往皇城看，看着看着，就心灰意冷了，不由得唉声叹气。魔王为什么叹气呢，因为他就是顺治皇帝出家到天泰山来的。约莫坐了半个时辰，刚起身要走，只觉得头顶上有热气传来，抬头一望，老天爷，原来老道坐在他头上十几米高的悬崖壁上，再看那老道坐的东西，竟然是一根竹竿。魔王看着来气，心想，你敢坐在我魔王的头顶上，要照过去，你这是坐在皇帝的头顶上了，该是杀头之罪。

魔王跳下青石台，从地上捡起一块石头就往山崖上扔，他是想把那老道用石头砸下来，哪知扔了几十块石头，一块也没砸中，老道纹丝不动，依旧练功。魔王功夫不到家啊，任凭他连蹦带跳也砸不着老道。

从此以后，磨石口的人老是能看见魔王在大青石台下边往高处扔石头，而那老道就在石崖上打坐，不愠不火，时间长了，魔王的火气越来越小了，扔的石头也越来越高了，春去秋来，几年过去了，终于有一天，魔王扔的石头砸到了老道的竹竿，从此老道就不见了，而魔王的功夫越来越厉害了。有人说，那老道是慈善寺住持的老友，受住持之托帮忙修炼魔王的功夫。

搜集整理：**杨金凤**

# 二十四

## 二友爷爷

从前，磨石口村住着爷孙俩，爷儿俩住在一个寺里，这寺就是承恩寺。寺里有白果树，秋天果子熟了，落得遍地白果，捡了果子收起来可以当药材，寺里还有楸树，据说楸树的花儿晾晒干了也能入药。老人的孙子叫二友，二友本来有个哥哥叫大友，上山采药的时候从崖上掉下来死了。从此二友就跟着爷爷上山采药。

这天，爷爷和二友正在翠微山上采药呢，一个40多岁的男人穿着布衣也在采药，这个人看到爷孙俩，就凑上前搭话，这人一张口说话，不是北京人，爷爷就问那采药的是哪儿的人，那人说是从南方来的，爷爷也就没多问。

从此后，二友和爷爷经常能见到这个采药的人，那个人说自己是从南方来的，对北方山上长的药材有些认不全，二友的爷爷就告诉那个南方人如何辨认。

一天下大雨，二友的爷爷淋雨病了，几天没去上山采药，突然有一天，那个南方人找到了二友的家里，还给二友和爷爷带来很多好吃的东西，那些好东西，别说二友了，连二友的爷爷都没见过，这个人竟然在二友家住了几天才走，跟二友爷爷学了很多识别北方草药的方法。二友和爷爷也不把这个南方人当外人，吃的菜粥、糠窝头，也没特意招待这个人。第五天的早晨，这南方人就告辞走了，临走还把二友和爷爷采摘的很多草药买走了，给了二友家很多很多的银两。

哪知这南方人是有来头的，到了第五天的晌午，突然来了一些官府的人，到二友家要人，说宫里的太医丢了，有人举报在二友家看见过，二友爷爷也不敢问这太医是谁，就把来龙去脉跟官府的人说了，那些人倒也通情达理，说太医一定是已经回城了，这些人赶紧往城里赶。二友小孩好奇心强，就追到磨石口村东的过街楼外头，拉住一个当差的问，那太医姓什么，当差的说，姓李。后来二友的爷爷托人到宫廷里打听，说那南方人叫李时珍。

李时珍怎么会到京西磨石口来呢？原来神医李时珍38岁的时候，因为医术高明，被武昌的楚王召去当了王府的奉祠正，兼管良医所事务。三年后，皇帝在全国招医术精湛的人，要到京城当医官，结果李时珍就被推举到皇城来当太医，当太医是要考试的，李时珍名列前茅，真就当上了太医院判。太医院是专为宫廷服务的医疗机构，可是这机构的人不好好研究医术，反而弄得乌烟瘴气，尔虞我诈，还不好好给人看病，李时珍非常气愤，平时也不愿意跟那些人混在一起，他就一个人出了城，骑着毛驴，到京西的翠微山上来采药，学习北方草药知识，恰好遇到了二友和他爷爷。传说李时珍在京城就待了一年，实在是受不了那些不学无术的人自高自大，就愤然辞职回了老家。

李时珍跟二友爷爷学过认草药的事儿，后辈人一直传颂，后来二友就一边采集草药，一边当郎中，后来成了京西一带有名的郎中。

搜集整理：**杨金凤**

# 二十五

## 20万

磨石口附近的杨家坡上从前有几间洋房，平时老百姓也不大往洋房那边去。洋房是干吗的呢？是洋人避暑的地方。一到夏天，花红柳绿的时候，就不断有洋人来杨家坡的洋房住，他们不光是读书散步，还爱骑洋马，一骑上马，就在附近的山上跑马，就是这跑马，跑出了麻烦。这天，几个洋人骑着马在山上过够了瘾头，回去一看，把钱包丢了。钱包倒不是他们非要找的，他们要找的是钱包里的一张20万的汇票。

这几个洋人急坏了，他们四处打听，因为洋人里头也有懂中文的，几个人就从杨家坡找到了磨石口，说也就凑巧了，正好被磨石口一个羊倌捡到了。

洋人说："你把20万的汇票给我可以吗？"

羊倌就问："白给你吗？"

洋人想了想，又跟一同来的几个洋人商量了一番说："我给你5000块大洋，谢谢你的，好不好？"

羊倌回答道："不好，5000块大洋太少，你的20万，给我的5000，不行。"

那些洋人虽然会说点中文，也说不大好啊，谈来谈去也没谈拢，眼看着天也黑了，几个洋人只得先回杨家坡洋房。

羊倌一想，这20万的汇票我何不自己取回来？我一不是偷的，二不是抢的，荒山上白拾的，不行，我明天一早就去银行取钱去。

羊倌一夜没睡着觉，就盼着天亮好去取钱。终于熬到天亮了，估摸着差不多银行也该开门了，他就把汇票揣在怀里出了门，他一边走一边想，我穿得这么破衣烂衫的，拿着这么一大笔的钱，人家银行的人能取给我吗。他嘀嘀咕咕走着，说来也巧，半道儿遇上了村里的一个穿得体面的有钱人，羊倌就上前悄悄跟有钱人把二十万汇票的事儿说了，他求有钱人帮他取这钱，当然也不能让人家费力气，取回来给点好处。

这有钱人衣着华丽，油头粉面，一看就是个有身份的主儿。有钱人也没推辞，因为他正好也是去银行，顺手的事儿，就这么着，有钱人就把汇票接了过来了。

有钱人来到了花旗银行，刚好银行开门不久，人也不多，有钱人就牛哄哄地走到柜台口，把汇票递了进去，那窗口里的银行职员，看了看汇票，再看看有钱人，把汇票又从窗口给退了出来。

有钱人一瞪眼睛，吼道："干吗？没钱吗？"

银行的职员说："您这钱取不了。"

有钱人胸脯拍得咚咚响，说："我的钱，我凭什么取不了？"

有钱人总来银行，银行的职员也都认识他，所以也就不敢惹怒他，好言好语地说："这钱一定不是您的。"

有钱人一听，脖子梗着，一拍柜台说："这汇票上没写着爷我不能取吧？汇票在我手里，钱就是我的！"

可不管有钱人怎么说，怎么耍横，职员也不急，最后告诉有钱人，

◎ 磨石口村李天太（1923年生人） ◎

说这张汇票已经挂失了，钱取不了。有钱人眼珠子一转说："不像话，给我的账还挂失，这不诚心耍我吗，瞧我回去不收拾他们！"有钱人是给自己一个台阶，说完，灰溜溜就出了花旗银行的门。

等在门外的羊倌见有钱人从银行出来，一蹦三跳地就扑上来等着拿钱，有钱人把汇票给了羊倌说："废纸一张，人家挂失了！"说完，有钱人干自己的事儿去了。

再说这羊倌，看着20万的汇票成了废纸，心里不甘心，怎么琢磨也不是滋味，他就去杨家坡找那个洋人。羊倌和洋人一见面，羊倌拿出汇票说："5000块大洋就5000块大洋吧，我吃点亏算了。"

洋人摇着头说："5000块大洋，那是昨天的事情。今天，这个，已经是一张废纸了。"

羊倌没办法了，憋着一口气就下了山，据说这口气羊倌一直没出来，慢慢就到了眼睛上，不久一只眼睛就失明了，有人说，那是一股毒火没出来，走眼睛上了。也有的说，是因为他见财眼开的结果。后来这个羊倌就得了个外号叫二十万。

讲 述 人：**李天太**

整 理 人：**杨金凤**

# 白大仙喝咸菜汤

　　传说，老早以前，磨石口村有个大户人家院子里有座财神庙，这一年，大户人家要拆了这座财神庙，换地方重新盖一个。俗话说，宁拆十座桥，不拆一座庙，一般人不敢接这个活儿。可是大户人家有钱啊，就出大价钱找来了人，被找来的拆工也不敢不给拆，央求大户人家一件事儿，说这事儿要办了，他们就帮他们动手拆。大户人家说："行，你们说吧，应你们什么事儿？"

　　拆工说："你们家只要冲炉打三枪，打完我们就拆。"

　　大户人家一听，这也不是什么难事儿，就说："等着，打三枪就打三枪。"

　　不一会儿，大户人家就拿来枪，跟拆工说："打完你们乖乖地拆啊。"话音未落，"砰砰砰"三声枪响，这枪是冲着财神庙前供着的炉打的。

◎ 采访磨石口村李天太一家 ◎

拆工见枪也打了，二话不说，就上去拆炉，哪知刚一靠近，从炉后边跳出来个白净的刺猬，这刺猬一出来，拆工们吓下了一跳，因为民间把刺猬称为"白大仙"，他们赶忙给刺猬作揖、闪路，哪知这大户人家的人却一把刺猬给抓住了。

拆工们拆完财神庙走了。大户人家的人可是折腾起那只刺猬来了，他们不知听谁说的，给刺猬灌咸菜汤刺猬就咳嗽，于是没事儿就给刺猬灌咸菜汤，咸得刺猬不停咳嗽，他们听着刺猬咳嗽就欢声大笑，拿刺猬解闷，他们是高兴了，可刺猬受不了啊，一来二去，这个刺猬就给折腾死了。

自打刺猬死了以后，这给刺猬灌咸菜汤的大户人家就没得好。这家的一个男人到地里看庄稼，走到半道儿遇上一股旋风，那旋风在他身上绕了一圈就没了，这男人就觉得身上不舒服，回家以后，几天几夜地难受，觉得身上越来越不舒服，没多久就死了。

村里人说是这大户人家伤了"五大家"里的白衣仙人，因为民间普遍认为五大家是与人长期伴生的，属于灵异的东西，如果侵犯了它们，它们就能以妖术对人进行报复。所以村里人说，大户人家是被那只白衣大仙的刺猬报复了。


讲 述 人：**李天太　李菊琳**

整 理 人：**杨金凤**

# 石塘

现在，人们到磨石口村北边的翠微山上，能看到一些采石堂的遗址裸露在山坡上，在清明植树碑附近就有一处。这个石塘是怎么来的呢？

相传，很早以前，磨石口村里的人靠到浑河里捕鱼为生，那时候，浑河里的鱼可多了。浑河水泛滥以后，形成很多冲击成的水洼，时间长了，这些水洼慢慢清亮了，里面还能钓到王八呢。磨石口村法海寺前就有这样一片水洼。

那时候，磨石口村有个叫慧茹的姑娘，慧茹小的时候娘就饿死了，爹在一次拉着骆驼到山西运货的时候，半道儿让土匪劫了货，连吓带病，回来没多长时间也死了。慧茹的爷爷每天到浑河里撒网捕鱼，谁料一天小船翻了，爷爷掉进河里，一病不起。慧茹才十几岁，为了养活爷爷，她就到法海寺前边的水洼里抓鱼。这天，天刚蒙蒙亮，慧茹就拎着瓦罐子到水洼抓鱼，一下子抓到一条金光闪闪的鲤鱼，这鲤鱼有半尺多长，太阳一照，金光耀眼。慧茹拎着一罐子鱼去卖，不论谁买鱼，她都不卖那条金鲤鱼，可从上午到下午，一条鱼也没卖出去。慧茹看着金鲤鱼，轻轻对鱼说："我是不想卖你的，可别的鱼没人买。我爷爷还在炕上躺着呢，他还没吃饭呢。"

凑巧，这时候有个财主家的丫头，一眼看上了金鲤鱼，哭喊着非要买回去红烧，慧茹就要把这条鱼卖给财主家，慧茹把鱼捞出水的时候，她看见那鱼的眼睛像是流出了眼泪一样，慧茹心软了，又把鱼放回罐子，然后拎着罐子回家了。

慧茹回到家，看着躺在炕上等着喝棒子面粥的爷爷，没办法，只好到邻居家借粮。到了傍晚，慧茹把金鲤鱼又放回到法海寺前边的水洼，看着鱼游远了。慧茹一屁股坐在水洼旁边的一块青石上，发愁晚上给爷爷吃什么。突然，她看到夕阳照着的水面上漂着一个金闪闪的小葫芦，

地方传说

197

慧茹挽起裤腿下水，把金葫芦捞上来，又坐到青石头上。这时，手里的金葫芦好像在跟她说话："你饿了吗？你想吃什么？想吃什么你就实说。"慧茹恍恍惚惚的，她不知道这是自己饿得在心里乱想，还是真有人跟她说话，于是顺嘴说了句："我爷爷想喝棒子面粥。"好像金葫芦又说话了："你回家吧。掀开锅就有了。"

慧茹捧着金葫芦使劲往家跑，一进院子，就闻到了喷香的棒子面粥味儿。她冲进屋里，看着灶膛里还有火星，她掀开锅，一大锅热乎乎的棒子面粥，粥面上有厚厚的一层粥皮，跟黄金一样。慧茹赶紧给爷爷盛了粥，送到爷爷手里。说也怪了，慧茹的爷爷喝完这锅粥就像吃了灵丹妙药一样，病也好了。

慧茹把金葫芦的事儿告诉了爷爷，爷爷也好奇，就对着金葫芦说："宝葫芦啊宝葫芦，你要是金鱼来报恩的，就帮我们变一个石塘吧，我老了，河里风浪大，打鱼不行了。你变个石塘，往后我和孙女采石卖，也好过日子。"慧茹爷爷说完，就听到翠微山上一声响，他们赶紧跑上山，一看，果然有一块山变了样，山表面的那些乱石头被掀到一边去了，露出了地下埋着的磨刀石，从此慧茹和爷爷靠采磨刀石卖为生。那金葫芦一直挂在他们家房梁上，爷爷告诉慧茹，金葫芦给了他们石塘，他们有吃有喝了，不能管金葫芦张口要别的东西了，人得知足。

搜集整理：**杨金凤**

# 二十八

## 黄鼠狼和狐狸

磨石口村东北的山叫福寿岭，相传，福寿岭上以前狐狸多，隔三岔五地就到村子里吃鸡，村里人家养的鸡老是溜达到山坡上找草籽呀，松子呀什么的吃，狐狸趁鸡不备的时候，就把鸡咬死，然后吃掉。

吃鸡的除了狐狸还有黄鼠狼。有一次，一只黄鼠狼抓住一只老母鸡，喜滋滋儿地叼着老母鸡刚走几步，"咔嚓"一声，让猎人埋的夹子给夹住了，疼得黄鼠狼一张嘴，鸡就从嘴里掉出来了。黄鼠狼越是想挣脱脚下的夹子，越是疼，黄鼠狼就大声喊。

黄鼠狼这一折腾，不远地方的狐狸听见了。黄鼠狼一见狐狸，心想，这下自己可有救了。

狐狸能救黄鼠狼吗？黄鼠狼自己觉得狐狸应该救它，为什么呢？因为黄鼠狼救过这只狐狸的儿子。

黄鼠狼说："狐狸大哥，你真是我的救星啊，快救救我吧。"

狐狸说："救完了你，你拿什么感谢我呢？"

黄鼠狼说："我几天前救过你儿子，现在你救我，应该的呀。"

狐狸说："我儿子已经死了，你救也没救活它。"

黄鼠狼说："我毕竟是救过你儿子啊，你现在把我救上来，你救上我来以后，我要是活不了也不怨你。"

狐狸还问："你拿什么感谢我？"

黄鼠狼说："我把那只鸡给你。"

狐狸说："那好吧，你等着。"

说完，狐狸就抓起鸡，自己大吃起来。

黄鼠狼疼得哭起来，求狐狸救它，说："狐狸大哥，反正那鸡是你的了，你把我救出来再吃吧。"

狐狸不慌不忙地说："我饿着，没劲儿救你，等吃饱了就救你啊。"

　　黄鼠狼只得等着狐狸吃完了鸡，等啊等啊，可算是狐狸把鸡吃完了。再一看黄鼠狼，早就疼死过去了。所以说，不要指望坏人发善心，当然，自己也不要干坏事儿，交友要交好人，做事儿要做好事儿，不能像黄鼠狼和狐狸那样祸害人。

搜集整理：**杨金凤**

# 二十九

## 翁仲和仲翁

磨石口村西路北，有个宦官墓，叫田义墓。墓园里的神道上有一对石像生，就是墓地神道两边的石人，石人又叫石翁仲，据说历史上真的就有翁仲这个人。这个人姓阮，传说是秦始皇手下的一员大将，勇猛善战，屡建奇功。他身长一丈三尺，敌人听到他的名字都闻风丧胆。这么一位功臣，对朝中上上下下影响极大。翁仲死了之后，秦始皇为了让后人记住他，也为了震慑敌人，就铸了个铜像放在宫门外，后来

◎ 翁仲雕刻局部 ◎

匈奴使者前来朝见秦始皇的时候，看到翁仲的铜像俩腿都打哆嗦。后人根据这个传说就把石人立在墓前，统称为"翁仲"，以辟邪驱怪，当然也用于彰显死者生前的功绩和地位。

田义是个侍奉过三朝皇帝的宦官，深得皇上恩宠，所以，田义死了之后，就在田义墓的神道上立了石翁仲，一文一武，文的在东边，武的在西边，两个石翁仲面对面而立，高差不多有三米。这对石翁仲比十三陵神道上的翁仲小点，比清西陵神道上的翁仲还大，可见田义在朝中的地位了。

为这么重要的一个人立石翁仲，有人居然给弄错了。在建田义墓给皇上呈报建筑规制的时候，一个翰林院的大臣在奏折上错把"翁仲"写

成了"仲翁"。万历皇帝接到奏折一看，气就不打一处来，万历怒道："你们翰林院的官员们怎么能如此的马虎？一字颠倒看似小事儿，但一字之误能酿成大事儿！"那呈奏折的大臣吓得大气不敢出。万历又问："这奏折是谁写的？去给我查！"那大臣赶紧去查，查实后禀报皇帝。皇帝一怒之下，把这位大臣给贬发到山西太原府当通判去了，皇帝为此还写了批示：

> 翁仲如何说仲翁，十载寒窗欠夫功。
>
> 从此不许归林翰，贬汝山西作通判。

这事儿在朝廷里传开了，每个翰林都从此小心认真从文，对那些不认真办事儿，出错的，就说成是"仲翁""夫功""林翰""通判"，就是皇上成心把诗的最后两个字颠倒过来了。

也有传说，乾隆游江南的时候，走到一座大墓前头，看见神道两边有石人，顺手指着其中的一个石人问身边的一个翰林："此为谁？"翰林回答道："仲翁。"乾隆本想发火儿，一看身边很多的地方官员，怕这事儿嚷嚷出去，人家说他翰林院的人水平太差，于是就把这事儿压在肚子里。等乾隆回京之后，立刻下令贬了这个翰林为通判，不过皇帝的这道命令是用打油诗写的：

> 翁仲为何作仲翁，只因窗下少夫工。
>
> 从今不许为林翰，贬入朝房作判通。

搜集整理：**杨金凤**

# 山西客商

磨石口的磨刀石好，京城有名。但开采磨石也是挺难的一个活儿。要先把山表层的其他石头起开，再一层层往下开凿，有的好石头，要把表层的十几米的乱石都起了才能见到地下的好磨石，所以要买到石塘里的好磨石，也不容易。有很多商客就住在磨石口，等着石工开采出好磨石，其中这客商里，有一个是山西的。

从前，磨石口古道是山西客商往京城运送货物的通道，这个姓刘的客商就是其中之一。他把山西产的金黄的小米，通过驼铃古道运到京城自己的铺子卖，再买上些山西人生活常用的东西带回去卖，这样两头不跑空。刘客商每次到京城送完货回去，一定要到磨石口村里买些磨石运回去。因为农户们的镰刀、斧头等好多的农具要用磨石，多少年来，人们认准了磨石口的磨石。

刘客商人缘好，跟磨石口村里的人也成了老朋友，自然磨石口村里最好的石塘里的磨石他能买到手。这事儿被另一个客商看在眼里，嫉妒

◎ 磨石口村北侧山路 ◎

刘客商能拿到好的磨石。本来刘客商的磨石开采出来码放在山坡下，就等着第二天装货启程了，可是到了第二天的早晨，大伙儿发现刘客商的磨石不见了踪影。这可怎么办呢？刘客商已经交了钱，采石户只好把钱退给刘客商，可刘客商坚持不要，说这趟放空就放空吧，赔点钱就赔点钱吧。刘客商越是仁义，采石户越是过意不去。

就在大家推推让让的时候，突然听到码放石头的空场里有微弱的呼救声，刘客商和采石户顺着声音到了大槐树下的一口古井边，发现声音是从井里发出来的。大家七手八脚把这人救上来，一看，这个满脸是血的人正是平时跟刘客商较劲的一个商人。大家追问他怎么回事儿，这客商实在是搪塞不过去，只好说了实话，说自己看着刘客商每次都拿到最好的磨石，心里来气，昨晚就雇了人，连夜把刘客商的货偷走了，自己逃走的时候，不小心掉进了这井里，可巧这井里昨天掉进了一个大树杈子，自己被树杈子给挂住了，才没给淹死。

采石户赶忙追问他磨石现在在哪儿，那客商只好说出藏磨石的地方。后来那客商带着刘客商到了藏磨石的地方，把磨石帮着装上骆驼。据说，后来那个偷磨石的客商再也没到磨石口村来过。

讲 述 人：**杨金龙　乔守恂**
整 理 人：**杨金凤**

# 侯大胆

1937年，日本侵略者发动了卢沟桥事变，没多久，就占领了离卢沟桥很近的石景山炼铁厂，他们为了能早日炼出铁，残酷地压榨工人，还从河北很多遭灾害的地方抓来很多童工。这些童工给他们装煤、卸煤，每天只能领到一点点的混合面。日本人这样着急铸铁是要赶快造出枪支弹药好打八路军。

日本人从日本运来了机器，还建起了高炉。这天，日本人庆祝高炉投入使用，敲锣打鼓，把日本的大官请来参加典礼，还请了北平的好多官员，到处挂着日本旗子，连高炉的顶上也挂了一面膏药旗。日本人这么折腾，中国工人都非常气愤，他们想要收拾一下日本人。

怎么收拾日本人呢？人家有枪有炮的，再说庆典上还来了很多荷枪实弹的守卫。几个工人就打起了高炉顶上那日本旗子的主意。商量好

◎ 石景山炼铁厂 ◎

以后，他们就开始行动了，操作高炉的工人控制高炉进口的添煤，然后使劲一吹风，那炉火就往上冲，把上面挂的旗子给烧着了，日本人就又派人上去挂旗子，这挂旗子的人是谁呀？正是磨石口村的村民侯大胆。侯大胆把旗子挂上去，还在高炉顶上拿了个大顶，下面的人惊呼，吓得连眼睛都闭上了。哪知侯大胆刚把旗子挂上，高炉一操作，旗子又烧毁了。侯大胆再次被日本兵用刺刀逼着去挂。反复几次，日本大官们被气得直喊"八格牙路"。没办法，这次只好让侯大胆把旗子挂在高炉的半中腰。哪知这侯大胆身上偷偷带了个小锯，往上爬到半途，把旗杆给锯折了一半，等他挂完旗子下来，日本人立刻下令庆典开始，鞭炮齐鸣，日本大官们总算露出了笑容，哪知还没过十分钟，那旗杆就断了，从高炉半空中掉了下来。

日本人庆典仪式丢了脸，就四处抓挂旗子的侯大胆，那侯大胆早就从厂子西边跳进永定河，过了永定河逃到西山里去了。

讲 述 人：乔守恂 关续文
整 理 人：杨金凤

　　到过磨石口的人，都会被这里独特的古道古风所吸引，被这里的优美环境和珍贵文化所熏陶。法海寺精美绝伦的壁画，翠微山的清泉翠柏，还有东接京城、西通塞外的驼铃古道。丰富、深厚、悠久的文化是《古道磨石口传说》精髓所在，形成了磨石口传说在北京文化中的特殊性，磨石口传说与古老的北京城内传说有某些共性的部分，也有个性的特征，比如磨石口村人到了夏季要到内蒙古放骆驼，以利于骆驼度夏，其传说与塞外的游牧文化又有交融。历史以来《古道磨石口传说》被多种文化所涵养，形成了其鲜活、生动的个性特质。

　　搜集整理《古道磨石口传说》的过程中，我深深地被这里的民俗文化所吸引。除了民间文学中的传说、民谣、民谚，还有民间舞蹈太平鼓及古道上的生产生活遗存。特别是看到何大齐老师绘制的旧时磨石口街道两侧的鳞次栉比的作坊和商铺，既能领略到磨石口旧时的熙攘繁华，也能品味到生产生活在这里的民众的勤劳与勇敢。搜集整理的过程，也是笔者自我提升和自我教育的过程。

　　欣慰和荣幸的是，我们赶上了一个好的时代，一个难得的契机，使我们有机会将这些即将消失的传统技艺、文化习俗、美丽传说进行挖掘整理，并以不同形式存入历史档案，其中包括出版工作。在此，我由衷感谢所有为此书的出版发行提供热情指导和热心帮助的部门和单位，感谢诸多热心同行和民俗专家们的帮助，感谢提供资料和照片的朋友们。

磨石口传说的内容丰富，如珍珠遗散，本书只是部分拾遗，有待进一步普查、挖掘。此书付梓，定有疏漏，祈望同行共磋。

杨金凤

2017 年 5 月